노인과 바다

The Old Man and the Sea

세계문학전집 278

노인과 바다

The Old Man and the Sea

어니스트 헤밍웨이

김욱동 옮김

민음사

찰리 스크리브너와 맥스 퍼킨스에게

❖ 『오인과 바다』의 배경이 되는 쿠바 지도

마나티
바라데로
홀긴
산티아고데쿠바
바야모
카마구에이
바나스칸

북대서양

산타클라라
시엔푸에고스

플로리다 해협
마탄사스
카리브 해

아바나
코히마르
마리엘
바타바노

멕시코 만

그는 멕시코 해류*에서 조각배를 타고 홀로 고기잡이하는 노인이었다. 여든 날하고도 나흘이 지나도록 고기 한 마리 낚지 못했다. 처음 사십 일 동안은 소년이 함께 있었다. 그러나 사십 일이 지나도록 고기 한 마리 잡지 못하자 소년의 부모는 그에게 이제 노인이 누가 뭐래도 틀림없이 '살라오'가 되었다고 말했다. '살라오'란 스페인 말로 '가장 운이 없는 사람'이라는 뜻이다. 소년은 부모가 시키는 대로 다른 배로 옮겨 타게 되었는데, 그 배는 첫 주에 큼직한 고기를 세 마리나 잡았다. 소년은 날마다 노인이 빈 배로 돌아오는 것을 보고 가슴이 아팠다. 그래서 늘 노인을 마중 나가 노인이 사려 놓은 낚싯줄이

---

* 멕시코 만에서 미국 연안을 북상한 뒤 동북으로 나아가 영국 제도 방면에 이르는 난류.

며 갈고리며 작살이며 돛대에 둘둘 말아 놓은 돛 따위를 나르
는 일을 도와주었다. 돛은 여기저기 밀가루 부대로 기워져 있
었고, 접어 놓으면 마치 영원한 패배를 상징하는 깃발처럼 보
였다.

　노인은 깡마르고 여윈 데다 목덜미에는 주름이 깊게 잡혀
있었다. 열대 지방의 바다가 반사하는 햇볕 때문에 그의 두 뺨
에는 양성 피부암의 갈색 반점들이 나 있었다. 이 반점들은 얼
굴 양쪽 훨씬 아래까지 번져 있었다. 두 손에는 큰 고기를 잡
으면서 밧줄을 다루다가 생긴 상처가 깊게 파여 있었다. 어느
것 하나 새로 생긴 상처는 아니었다. 고기가 살지 않는 사막의
침식 지대만큼이나 오랜 세월을 지낸 상처들이었다.

　두 눈을 제외하면 노인의 것은 하나같이 노쇠해 있었다. 오
직 두 눈만은 바다와 똑같은 빛깔을 띠었으며 기운차고 지칠
줄 몰랐다.

　"산티아고 할아버지." 소년은 조각배를 끌어올려 놓은 둑
으로 올라가면서 노인에게 말했다. "이제 할아버지랑 다시 고
기잡이를 할 수 있어요. 우린 돈을 좀 벌었거든요."

　노인은 소년에게 고기 잡는 법을 가르쳐 주었고, 그래서 소
년은 그를 무척이나 따랐다.

　"그건 안 돼. 네가 타는 배는 운이 좋은 배야. 그러니 그 사
람들하고 그냥 있어라." 노인이 말했다.

　"할아버지는 여든이레 동안이나 고기 한 마리 잡지 못하셨
지만, 우린 삼 주 동안 하루도 빼놓지 않고 큰 고기를 잡은 걸
기억하시죠?"

"물론 기억하고말고. 네가 나한테서 떠난 게 내 솜씨를 의심해서가 아니라는 것도 잘 알고 있단다." 노인이 대답했다.

"할아버지 곁을 떠나라고 한 건 아버지였어요. 전 아직 나이가 어리니까 아버지 말을 따라야 해요."

"암, 그렇고말고. 당연히 그래야지." 노인이 말했다.

"그런데 아버지한테는 그다지 신념이라는 게 없어요."

"그래, 그건 그렇다. 하지만 우리한테는 신념이 있지. 안 그러냐?" 노인이 대꾸했다.

"물론이죠. 제가 '테라스'*에서 맥주 한 잔 사 드릴 테니 드시고 나서 어구를 나르도록 하죠." 소년이 말했다.

"그렇게 하자꾸나. 우린 어부들이니까." 노인이 대답했다.

노인과 소년이 '테라스'에 들어가 앉자 많은 어부들이 노인을 놀려 댔지만 노인은 조금도 화를 내지 않았다. 그중에서 나이가 지긋한 어부들은 걱정스러운 얼굴로 노인을 바라보았다. 그러나 그런 기색은 조금도 내보이지 않은 채 해류며, 얼마나 깊이 낚싯줄을 내렸는지며, 계속되고 있는 좋은 날씨며, 고기잡이 중 보았던 것들을 화제 삼아 다정하게 이야기를 주고받았다. 그날 고기를 많이 잡은 어부들은 일찌감치 항구에 돌아와서 잡아 온 청새치를 칼질해 널빤지 두 장에 길게 늘어놓고 두 사람이 널빤지 양쪽에 붙어 비틀거리며 고기 저장고로 운반해 갔다. 그곳에서 그들은 아바나**의 시장으로 생선

---

* 여기에서는 테라스가 딸린 가게를 가리킨다.
** 쿠바 공화국의 수도. 서인도 제도에서 가장 큰 도시.

을 싣고 갈 냉동 트럭이 오기를 기다렸다. 상어를 잡은 어부들도 벌써 후미 맞은편에 있는 상어 공장으로 잡은 고기를 운반했다. 그곳에서 도르래와 밧줄로 상어를 들어 올려 내장을 빼내고 지느러미를 자르고 껍질을 벗겨 낸 뒤 살은 토막을 쳐서 소금에 절이는 것이다.

바람이 동쪽에서 불어오면 상어 공장에서 나는 냄새가 항구를 가로질러 이곳까지 풍겨 왔다. 그러나 오늘은 바람이 북쪽으로 방향을 돌렸다가 금방 잠잠해졌기 때문에 냄새가 어렴풋하게밖에는 풍겨 오지 않았으며, '테라스'에는 밝게 햇살이 비쳐 아늑했다.

"산티아고 할아버지." 소년이 노인을 불렀다.

"왜 그러느냐." 노인이 대답했다. 그는 맥주잔을 든 채 먼 옛날의 일을 회상하고 있었다.

"제가 나가서 내일 쓰실 정어리를 좀 구해다 드릴까요?"

"아냐, 괜찮아. 가서 야구나 하고 놀렴. 나는 아직 노를 저을 수 있고, 로헬리오가 그물을 던져 줄 테니까."

"그래도 구해다 드리고 싶은걸요. 할아버지와 함께 고기잡이를 하지 못한다면, 다른 거라도 도와드리고 싶어요."

"넌 내게 맥주를 사 주지 않았니. 너도 이젠 어른이 다 됐구나." 노인이 말했다.

"맨 처음 할아버지가 배에 태워 주셨을 때 제가 몇 살이었죠?"

"다섯 살이었지. 그때 내가 어찌나 팔팔한 고기를 잡아 올렸던지 넌 하마터면 죽을 뻔했어. 그놈은 조각배를 산산조각

내 버리다시피 했지. 기억나니?"

"네, 기억나요. 그놈의 고기가 어찌나 꼬리를 무섭게 흔들어 댔던지 배의 노 젓는 자리가 다 부서지고, 할아버지가 그놈을 마구 몽둥이로 두들겨 패던 게 생각나요. 할아버지가 저를 번쩍 들어 젖은 낚싯줄을 사려 놓은 뱃머리 쪽으로 던지다시피 내려놓은 것도 생각나요. 또 배 전체가 몹시 흔들리던 느낌이랑, 할아버지가 마치 나무를 패듯 몽둥이로 고기를 두들기던 소리랑, 제 몸에서 온통 달콤한 피 냄새가 풍기던 것이랑 모두 생각나요."

"그런 일이 정말로 생각나는 거냐? 아니면 내가 네게 말해 준 거냐?"

"할아버지와 함께 처음 바다로 나갔을 때부터 겪은 일을 모조리 기억하고 있어요."

노인은 햇볕에 그을린 눈빛으로 믿음직스럽고 다정하게 소년을 바라보았다.

"네가 내 친아들이라면 너를 데리고 멀리 나가 한번 모험을 해 보고 싶구나. 하지만 네겐 아버지와 또 어머니가 계시니. 게다가 지금 넌 운 좋은 배를 타고 있고." 그가 말했다.

"정어리를 잡아 올까요? 미끼를 네 마리라도 구해 올 수 있는 곳을 알고 있어요."

"오늘 것도 쓰고 아직 남았어. 소금을 뿌려 상자에 넣어 두었거든."

"싱싱한 걸로 네 마리 구해다 드릴게요."

"한 마리면 충분해." 노인은 아직 희망과 자신감을 잃지 않고 있었다. 그리고 미풍이 불어올 때처럼 희망과 자신감이 새롭게 솟구치고 있었다.

"그럼 두 마리 가져올게요." 소년이 말했다.

"좋아, 그럼 두 마리다." 노인은 하는 수 없이 소년의 말에 따랐다. "설마 훔친 건 아니겠지?"

"훔칠 수도 있었지만 이건 돈 주고 산 거예요." 소년이 대답했다.

"고맙구나." 노인이 말했다. 그는 너무 단순한 사람이어서 자신이 언제 겸손함을 배웠는지조차 생각해 본 적이 없었다. 그러나 지금은 자신이 겸손해졌다는 것을 알고 있었으며, 그것이 부끄러운 일도 아니고 참다운 자부심이 덜해지는 일도 아니라는 것을 잘 알고 있었다.

"해류가 이대로만 계속된다면 내일도 틀림없이 날씨가 좋겠구나." 노인이 말했다.

"어디로 나가실 생각인가요?" 소년이 물었다.

"멀리 나갔다가 바람이 바뀌면 돌아올 생각이다. 동이 트기 전에 나가고 싶구나."

"그럼 제 주인아저씨한테도 멀리 나가자고 해 볼게요. 그렇게 하면 할아버지가 정말 큰 놈을 낚아 올릴 때 우리가 가서 도와드릴 수도 있잖아요." 소년이 말했다.

"그 사람은 멀리 나가는 걸 좋아하지 않는걸."

"그건 그래요. 하지만 전 새가 고기를 찾는 것 같은, 주인아저씨 눈에 보이지 않는 뭔가를 볼 수 있어요. 그렇게 해서 만새기를 쫓아 멀리 나가도록 해 볼래요." 소년이 대답했다.

"그 사람 눈이 그렇게도 나쁘단 말이냐?"

"거의 장님이나 다름없는걸요."

"참 이상한 일이구나. 그 사람은 바다거북을 잡으러 나간 일도 없는데 말이다. 바다거북을 잡다 보면 눈을 망치게 되거든." 노인이 말했다.

"하지만 할아버지는 머스키토 해안*에서 지난 몇 해 동안이나 바다거북잡이를 하셨어도 눈이 멀쩡하잖아요."

"나야 별난 늙은이니까."

"진짜 큰 고기가 잡혀도 감당할 수 있을 만큼 아직 기운이 있으세요?"

"아마 그럴 게야. 게다가 온갖 요령도 알고 있잖니."

"자, 그럼 어구를 집으로 운반하시죠. 그래야 제가 투망을 갖고 정어리를 잡으러 갈 수 있거든요." 소년이 말했다.

노인과 소년은 배에서 어구를 집어 들었다. 노인은 돛대를 어깨에 메고, 소년은 단단히 꼰 갈색 낚싯줄을 둘둘 감아 넣은 나무상자와 갈고리와 창이 꽂힌 작살을 날랐다. 미끼가 들어 있는 상자는 큰 고기를 배 옆으로 끌어들일 때 고기가 날뛰지 못하게 하는 데 쓰는 몽둥이와 함께 조각배의 고물 밑에 넣어 두었다. 아무도 노인의 물건을 훔쳐 가지는 않겠지만, 돛과 굵은 밧줄은 밤이슬을 맞으면 좋지 않으므로 집으로 가져가는 편이 나았다. 비록 노인은 이 마을 사람들이 자기 물건에 손대리라고는 생각하지 않았지만, 갈고리와 작살을 배 안에 그냥

---

* 미국 플로리다 주 남단 온두라스와 니카라과에 위치해 있는 카리브 해안.

놔두는 것은 공연히 사람들의 마음을 유혹하는 짓이라고 생각했다.

두 사람은 함께 노인이 사는 오두막집 쪽으로 걸어 올라가 열어 놓은 문을 통해 안으로 들어갔다. 노인은 돛으로 둘둘 감은 돛대를 벽에 기대어 놓았고, 소년은 상자와 다른 어구를 그 옆에 내려놓았다. 돛대는 거의 오두막집 방 길이만큼이나 길었다. 이 오두막집은 '구아노'라는 대왕야자수*의 튼튼한 껍질로 지었는데 방 안에는 침대, 식탁, 의자가 하나씩 있었고, 흙바닥에는 숯불을 피워 음식을 만드는 자리가 있었다. 섬유가 질긴 구아노를 납작하게 여러 겹 포개어 만든 갈색 벽에는 컬러 물감으로 그린 예수 그리스도의 성심상(聖心像)**과 코브레의 성모 마리아*** 그림이 걸려 있었다. 두 장 모두 죽은 아내의 유품이었다. 한때 그 벽에는 색조를 넣은 아내의 사진이 걸려 있었지만 그것을 떼어 버렸다. 사진을 바라볼 때마다 너무 울적한 기분이 들어 지금은 방구석에 있는 선반의 깨끗한 셔츠 밑에 넣어 두었다.

"드실 만한 게 있나요?" 소년이 물었다.

"노란 쌀밥 한 그릇이랑 생선이 있어. 너도 좀 먹을래?"

---

* 키가 크고 우아한 이 야자나무는 미국 플로리다 주 남부 지방과 쿠바에서 주로 자란다.
** 성심은 골고다 언덕에서 창에 찔린 예수 그리스도의 심장. 인류에 대한 사랑의 상징으로 로마가톨릭교회에서는 아주 중요하게 생각한다.
*** 쿠바의 남서쪽 산티아고 외곽에 있는 광산촌 엘 코브레에 모신 성모 마리아상. 쿠바에서 가장 존경받는 마리아상이다.

"아뇨. 전 집에 가서 먹을게요. 불을 피워 드릴까요?"

"괜찮아. 나중에 내가 피우마. 아니면 그냥 찬밥을 먹어도 되고."

"투망을 가져가도 될까요?"

"암, 되고말고."

투망 같은 것이 있을 리 없었고, 소년은 노인이 투망을 언제 팔아 치웠는지도 기억하고 있었다. 그러나 두 사람은 이런 꾸며 낸 말을 날마다 되풀이했다. 노란 쌀밥도 생선도 있을 리 없었고, 이 또한 소년은 잘 알고 있었다.

"85는 재수 좋은 숫자란다. 내가 말이다, 내장을 빼고도 450킬로그램이 넘는 큰 고기를 잡아 가지고 돌아오는 걸 보고 싶지 않니?" 노인이 말했다.

"전 투망을 갖고 정어리를 잡으러 갈게요. 할아버지는 문간에서 볕이라도 쬐며 앉아 계세요."

"오냐, 그렇게 하마. 어제 신문이 있으니 야구 기사나 읽어야겠구나."

소년은 어제 신문이라는 것도 지어낸 이야기가 아닌지 의심스러웠다. 그러나 노인은 침대 밑에서 신문을 꺼냈다.

"보데가*에서 페리코가 주더구나." 그가 설명했다.

"정어리를 잡아 가지고 올게요. 할아버지 거랑 제 거랑 함께 얼음에 재워 뒀다가 내일 아침에 나누기로 해요. 제가 돌아오거든 야구 이야기 좀 해 주세요."

---

* '식료품 가게'를 뜻하는 스페인어로 값싸게 간이식사를 할 수 있는 곳.

"양키스 팀이 이길 게 불을 보듯 뻔하지."

"하지만 전 클리블랜드의 인디언스 팀이 승산 있다고 생각하는데요."

"얘야, 양키스 팀을 믿어야지. 그 훌륭한 디마지오* 선수가 있잖니."

"전 디트로이트의 타이거스 팀과 클리블랜드의 인디언스 팀도 만만치 않다고 생각하는걸요."

"조심해라. 그러다간 신시내티의 레드스 팀이나 시카고의 화이트삭스 팀까지 승산이 있다고 생각하겠구나."

"신문을 잘 읽어 두셨다가 제가 돌아오거든 꼭 얘기해 주셔야 해요."

"우리 끝자리가 85인 복권 한 장을 사 두면 어떻겠니? 내일이면 바로 팔십오 일째가 되는 날이거든."

"그것도 괜찮겠네요. 하지만 할아버지의 멋진 기록인 87이 어떨까요?" 소년이 대답했다.

"아마 그런 일은 두 번 다시 일어날 수 없을 거야. 어디 끝자리가 85인 복권을 살 수 있겠니?"

"한 장 주문하면 되죠."

"한 장만 사도록 하자꾸나. 2달러 50센트야. 한데 누구한테 그 돈을 꾸지?"

"그건 문제없어요. 2달러 50센트 정도야 저도 언제든지 빌

---

* 조지프 폴 디마지오(1914~1999). 1936년부터 1951년까지 뉴욕 양키스 팀에서 외야수로 활약한 프로야구 선수로 미국 야구 역사에서 가장 명성이 높다.

릴 수 있거든요."

"아마 나도 빌릴 순 있을 거야. 하지만 난 될 수 있으면 돈을 빌리지 않고 싶구나. 처음엔 돈을 빌리지. 그러다 나중엔 구걸하게 되는 법이거든."

"할아버지, 몸을 따뜻하게 하고 계세요. 9월이라는 걸 잊지 마시고요."

"큰 고기를 잡을 수 있는 계절이야. 5월이라면 누구든 어부 행세를 할 수 있지만 말이다."

"그럼 가서 정어리를 잡아 오겠어요."

소년이 돌아와 보니 노인은 의자에 앉은 채 잠이 들어 있었고, 해는 이미 떨어져 있었다. 소년은 침대에서 낡은 군용 담요를 가져와 의자 뒤쪽에서 펴서 노인의 어깨를 덮어 주었다. 비록 나이가 들었어도 그의 어깨에는 아직도 이상하리만큼 힘이 흘러넘쳤다. 목에도 여전히 힘이 있었고 고개를 앞쪽으로 떨어뜨리고 잠을 자고 있을 때면 주름살도 별로 눈에 띄지 않았다. 셔츠는 하도 여러 번 기워서 마치 돛과 같았고, 기운 조각들이 햇볕에 여러 색깔로 바래 있었다. 노인의 머리도 몹시 늙은 모습이어서 두 눈을 감은 얼굴에서는 생기라곤 전혀 찾아볼 수 없었다. 무릎 위에 신문이 펼쳐져 있었지만 팔의 무게에 눌려 저녁의 미풍에도 떨어지지 않고 그곳에 그대로 놓여 있었다. 신발을 신지 않은 맨발이었다.

소년은 노인을 그냥 내버려 두었고, 그가 다시 돌아왔을 때도 노인은 여전히 잠을 자고 있었다.

"할아버지, 이제 그만 일어나세요." 소년은 이렇게 말하고는 노인의 한쪽 무릎에 손을 얹었다.

그러자 노인은 두 눈을 떴고, 한순간 멀리 길을 떠났다가 다시 돌아온 듯한 표정을 지었다. 그리고 나서 노인은 빙그레 미소를 지었다.

"뭘 갖고 온 게냐?" 그가 물었다.

"저녁 식사예요. 같이 먹으려고요." 소년이 대답했다.

"난 별로 배고프지 않은데."

"자, 어서 잡수세요. 잡수시지 않고선 고기잡이를 하실 수 없어요."

"먹지 않고 고기를 잡은 적도 있었지." 노인은 이렇게 말하고 자리에서 일어나 신문을 들어 접었다. 그리고 나서 담요를 개기 시작했다.

"담요는 그냥 덮고 계세요. 제가 살아 있는 동안은 할아버지가 굶은 채 고기잡이를 하시게 내버려 두지 않을 거예요." 소년이 말했다.

"그럼, 오래오래 살고 몸조심하려무나. 한데 뭐 먹을 게 있는 거냐?" 노인이 물었다.

"검정콩 밥이랑 바나나 튀김이랑 스튜가 조금 있어요."

소년은 테라스에서 두 단으로 된 양은그릇에 음식을 담아 가지고 왔다. 그의 주머니 속에는 냅킨에 싼 나이프와 포크 그리고 숟가락이 두 벌 들어 있었다.

"누가 준 거야?"

"마르틴 아저씨가요. 주인아저씨 말이에요."

"그 사람한테 고맙다고 인사해야겠구나."

"인사는 벌써 제가 했는걸요. 그러니까 할아버지가 따로 인사하실 필요는 없어요." 소년이 말했다.

"큰 고기를 잡으면 그 사람에게 뱃살을 줘야겠다. 이렇게 음식을 준 게 이번이 처음이 아니잖니?" 노인이 말했다.

"아마 그럴걸요."

"그렇다면 뱃살보다 훨씬 더 좋은 부위를 줘야겠는걸. 그 사람은 우리에게 퍽 마음을 써 주는구나."

"맥주도 두 병 주셨어요."

"난 캔 맥주가 제일 좋더라."

"잘 알고 있어요. 하지만 이건 병맥주인걸요. 아투에이 맥주*예요. 병은 돌려줘야 해요."

"넌 참 친절하기도 하구나. 자, 그럼 어디 먹어 볼까?" 노인이 말했다.

"아까부터 드시라고 했잖아요. 할아버지가 드실 준비를 다 하실 때까지 뚜껑을 열고 싶지 않았어요." 소년이 다정스럽게 말했다.

"이제 준비됐다. 손 씻을 시간이 필요했을 뿐이야." 노인이 말했다.

어디서 손을 씻었다는 걸까? 하고 소년은 생각했다. 이 마을에서 물을 공급해 주는 곳은 아래쪽으로 두 블록 내려가야만 있었다. 할아버지에게 물을 길어다 줘야 했는데 그랬구나,

---

* 쿠바에서 생산되는 맥주의 하나. 본디 '아투에이'는 아이티 출신의 인디언 추장으로 스페인의 학정에 맞서 싸운 영웅이었다.

하고 소년은 생각했다. 비누와 수건도 가져와야 했는데 말이야. 나는 왜 이다지도 생각이 모자랄까? 할아버지에게 셔츠도 한 장 더 준비해 드려야 하고, 겨울 재킷과 신발, 그리고 담요도 한 장 더 갖다드려야 되겠는걸.

"스튜가 정말 맛있구나." 노인이 말했다.

"야구 이야기 해 주세요." 소년이 그에게 부탁했다.

"아메리칸리그*에선 역시 내가 말한 대로 양키스 팀이었어." 노인은 행복한 표정으로 말했다.

"오늘은 양키스가 졌잖아요." 소년이 그에게 말했다.

"그 정도는 새 발의 피지. 그 훌륭한 디마지오가 다시 실력을 발휘할 거니까."

"그 팀에는 다른 선수들도 있잖아요."

"물론이지. 하지만 디마지오는 달라. 다른 리그에서는 브루클린과 필라델피아 두 팀이라면 난 브루클린 편을 들지. 그러고 보니 딕 시슬러**가 생각나고, 또 옛 구장에서 그가 날린 그 굉장한 안타가 생각나는구나."

"역시 그런 안타는 좀처럼 드물죠. 그 선수처럼 그렇게 멀리 공을 날리는 사람은 아직 보지 못했거든요."

---

* 내셔널리그와 함께 미국의 양대 리그의 하나. 1900년에 설립되었고 여덟 개 팀으로 구성되어 있다. 앞에서 산티아고와 마놀린이 언급한 팀은 모두 아메리칸리그 소속이다.
** 1948년부터 1951년까지 필라델피아 팀에서 경기를 한 프로야구 선수. 카디널스, 레즈, 양키스 팀에서 선수 및 코치로 명성을 날렸다. 그의 아버지 조지 시슬러는 세인트루이스 팀과 보스턴 팀에서 활약했다.

"그 선수가 전에 '테라스'에 찾아오곤 했던 일이 기억나니? 나는 그를 데리고 함께 낚시를 하고 싶었지만, 워낙 소심해 놔서 차마 부탁할 수 없었어. 그래서 네게 부탁해 보라고 했는데 너도 소심했지."

"알고 있어요. 큰 실수였죠. 부탁했더라면 어쩌면 우리와 함께 낚시하러 가 줬을지도 모르는데 말이에요. 그랬더라면 평생을 두고 자랑거리가 되었을 텐데요."

"난 저 훌륭한 디마지오를 한번 고기잡이에 데려가고 싶어. 소문에 따르면 그의 아버지도 어부였다지. 아마 그도 우리처럼 가난했을 테니 어쩌면 우리를 잘 이해해 줄지도 몰라." 노인이 말했다.

"그 훌륭한 시슬러의 아버지는 한 번도 가난한 적이 없었대요. 그리고 그 사람은…… 그 아버지 말이에요…… 제 나이 때 벌써 메이저리그*에서 경기를 하고 있었대요."

"내가 네 나이였을 때는 아프리카를 항해하는, 가로돛을 단 범선에서 선원 노릇을 했지. 저녁 무렵이면 해안을 따라 어슬렁거리는 사자들을 보곤 했어."

"알아요. 언젠가 얘기해 주셨잖아요."

"우리 아프리카 이야기를 할까, 아니면 야구 이야기를 할까?"

"야구 이야기가 좋겠어요." 소년이 대답했다. "그 훌륭한 존

---

* 미국 프로야구의 최상위 경기로 아메리칸리그와 내셔널리그가 있다. 흔히 '빅리그'라고도 한다.

호타 맥그로* 선수 이야기를 해 주세요." 소년은 'J'를 '호타'**
로 발음했다.

"그 친구도 전에 이따금씩 '테라스'에 오곤 했지. 하지만 술
이 들어가면 난폭해지고 입이 거칠어져서 다루기 힘든 친구
였어. 그 사람은 야구만큼이나 경마에도 관심이 있었어. 어쨌
든 호주머니 속에 언제나 말 이름을 적은 목록을 갖고 다니면
서 전화할 때 자주 말 이름을 언급하더구나."

"그 사람은 뛰어난 감독이었잖아요. 우리 아버지 말로는 가
장 훌륭한 감독이었대요." 소년이 말했다.

"그건 말이다, 그 사람이 이곳에 꽤 자주 내려왔기 때문이
란다. 만약 듀로서***가 해마다 이곳에 내려왔다면, 네 아버지는
아마 그 사람을 가장 훌륭한 감독이라고 생각했을걸." 노인이
말했다.

"그럼 정말로 누가 가장 훌륭한 감독이죠? 루케****인가요, 곤
살레스*****인가요?"

"내 생각으로는 두 사람 다 고만고만해."

---

* 존 J. 맥그로(1873~1934). 1900년대 초부터 1932년까지 뉴욕 자이언츠
팀의 매니저로 활약했다.
** 영어 알파벳 'J'는 스페인어로 '호타'라고 발음한다.
*** 리오 어니스트 듀로서(1905~1991). 1940년대에는 브루클린 다저스
팀의 매니저로, 1948년부터 1955년까지는 뉴욕 자이언츠 팀의 매니저로 활
약했다.
**** 아돌프 루케(1890~1957). 쿠바의 아바나에 태어나 1935년까지 보
스턴, 신시내티, 브루클린, 뉴욕 자이언츠 팀에서 매니저로 활약했다.
***** 마이크 곤살레스(1890~1977). 쿠바 출신의 투수로 1938년과
1940년에 세인트루이스 카디널스의 매니저로 활약했다.

"그리고 가장 훌륭한 어부는 할아버지이시고요."

"아니다. 난 나보다 뛰어난 어부를 알고 있어."

"케바.* 고기를 잘 잡는 어부는 많이 있고, 또 아주 뛰어난 어부도 더러 있죠. 하지만 할아버지에 비길 만한 사람은 없어요." 소년이 말했다.

"고맙구나. 넌 나를 기쁘게 해 주는구나. 너무 큰 고기가 걸려서 우리 생각이 틀리다는 게 입증되지 않았으면 좋겠어."

"할아버지 말씀대로 전처럼 여전히 힘이 세시다면, 그렇게 대단한 고기가 어디 있겠어요."

"생각만큼 그렇게 힘이 세지 않을지도 몰라. 하지만 난 요령을 많이 알고 있는 데다 배짱도 있지." 노인이 말했다.

"내일 아침 기운이 나도록 이제 그만 주무시도록 하세요. 전 가져온 그릇을 '테라스'에 돌려주겠어요."

"그럼 잘 가거라. 내일 아침에 깨우러 가마."

"할아버지는 제게 자명종 같아요." 소년이 말했다.

"내 나이가 자명종인 거지. 한데 늙은이는 왜 그렇게 일찍 잠에서 깨는 걸까? 하루를 좀 더 길게 보내고 싶어서일까?" 노인이 대꾸했다.

"잘 모르겠어요. 제가 알고 있는 건, 나이 어린 애들은 늦도록 곤하게 잠을 잔다는 것뿐이에요." 소년이 대답했다.

"나도 그랬던 것 같아. 시간에 늦지 않도록 깨워 줄게." 노인이 말했다.

---

* Qué va. '천만에요', '그럴 리가' 등의 뜻을 가진 스페인어 감탄사.

"전 주인아저씨가 깨워 주는 게 싫어요. 제가 그 사람보다 못난 것 같은 생각이 들거든요."

"네 기분을 알다마다."

"할아버지, 그럼 안녕히 주무세요."

소년은 밖으로 나갔다. 두 사람은 식탁 위에 불을 켜지도 않고 식사를 했고, 그래서 노인은 어둠 속에서 바지를 벗고 잠자리에 들어갔다. 바지 속에 신문을 넣고 둘둘 말아 그것을 베개로 삼았다. 담요를 몸에 둘둘 감고 침대 스프링을 덮고 있던 또 다른 헌 신문지 위에서 잠을 잤다.

노인은 곧 잠이 들었고, 아직 소년이었을 시절에 본 아프리카에 대한 꿈을 꾸었다. 황금빛으로 빛나는 긴 해변과 눈이 부시도록 새하얀 해안선, 그리고 드높은 갑(岬)과 우뚝 솟은 커다란 갈색 산들이 꿈에 나타났다. 요즈음 들어 그는 매일 밤마다 꿈속에서 이 해안가를 따라 살았고, 꿈속에서 파도가 으르렁거리는 소리를 들었으며, 파도를 헤치며 다가오는 원주민의 배들을 보았다. 그는 잠을 자면서도 갑판의 타르 냄새와 뱃밥 냄새를 코끝으로 맡았으며, 아침이면 육지 미풍이 싣고 오는 아프리카 대륙의 냄새를 맡았다.

여느 때 같으면 노인은 뭍에서 불어오는 미풍 냄새를 맡으면 잠에서 깨어나 옷을 입고 소년을 깨우러 갔다. 그러나 오늘 밤에는 뭍에서 불어오는 미풍 냄새가 너무 일찍 풍겨 왔고, 그래서 그는 꿈속에서도 너무 이르다는 것을 깨닫고 다시 계속 꿈을 꾸었다. 그 꿈속에서 섬들의 하얀 봉우리들이 바다 위에 우뚝 솟아 있는 모습이 보이더니 카나리아 군도*의 여러 항구와 정박지가 나타났다.

　노인의 꿈에는 이제 폭풍우도, 여자도, 큰 사건도, 큰 고기도, 싸움도, 힘겨루기도, 그리고 죽은 아내의 모습도 나타나지 않았다. 다만 그는 여러 지역과 해안에 나타나는 사자들 꿈만 꿀 뿐이었다. 사자들은 황혼 속에서 마치 새끼 고양이처럼 뛰어놀았고, 그는 소년을 사랑하듯 이 사자들을 사랑했다. 그는 한 번도 소년의 꿈을 꾸어 본 적이 없었다. 노인은 문득 눈이 뜨이자 열린 창으로 달을 바라보고는 말아 놓은 바지를 풀어 입었다. 오두막집 밖에서 소변을 본 뒤 소년을 깨우려고 길을 따라 올라갔다. 새벽 한기에 몸이 오들오들 떨렸다. 그러나 그는 이렇게 몸을 떨다 보면 조금씩 몸이 따뜻해지고 곧 바다에서 노를 젓게 되리란 것을 잘 알고 있었다.

　소년이 살고 있는 집은 문을 잠가 놓지 않아서 노인은 문을 열고 맨발로 조용히 안으로 들어갔다. 소년은 첫 번째 방에 있는 간이침대에서 잠을 자고 있었고, 점차 기울어 가는 달빛 속에서 소년의 모습이 똑똑히 보였다. 노인은 소년이 눈을 뜨고 얼굴을 돌려 자기를 바라볼 때까지 소년의 한쪽 발을 살며시 잡고 있었다. 노인이 고개를 끄덕이자 소년은 침대 옆 의자에서 바지를 집어 들고 침대에 앉아서 입었다.

　노인이 문밖으로 나가자 소년도 그의 뒤를 따랐다. 소년은 아직도 졸렸고, 그래서 노인은 한 팔로 소년의 어깨를 감싸며 말했다. "미안하구나."

＊ 아프리카 북서부 대서양에 있는 스페인령 제도.

"케바! 사내라면 그만한 일쯤이야 해야죠." 소년이 말했다.

두 사람은 노인이 사는 오두막집으로 내려갔다. 어두컴컴한 길을 따라 어부들이 돛대를 어깨에 메고 맨발로 걸어가고 있었다.

노인의 오두막집에 도착하자 소년은 둘둘 말아 바구니에 넣어 둔 낚싯줄과 갈고리와 작살을 집어 들었고, 노인은 돛을 감아 놓은 돛대를 어깨에 메었다.

"커피 드시겠어요?" 소년이 물었다.

"어구들을 배에 싣고 나서 마시자꾸나."

두 사람은 이른 아침 어부들을 상대로 음식을 파는 가게로 가서 연유 깡통으로 커피를 마셨다.

"할아버지, 어젯밤에 편안히 주무셨어요?" 소년이 물었다. 소년은 아직 완전히 졸음을 떨쳐 버리기 어려웠지만 조금씩 정신이 들기 시작했다.

"그래, 잘 잤다, 마놀린. 오늘은 자신감이 생기는구나." 노인이 대답했다.

"저도 그래요. 그럼 할아버지의 정어리랑 제 정어리, 그리고 할아버지의 싱싱한 미끼를 가져와야겠어요. 제 주인 아저씨는 어구를 직접 날라요. 절대 다른 사람에게 맡기지 않아요." 소년이 말했다.

"우리는 다르지. 난 네가 다섯 살 때부터 나르게 했으니까." 노인이 말했다.

"잘 알고 있어요. 곧 돌아올게요. 커피를 한 잔 더 들고 계세요. 이 집에선 외상을 그을 수 있거든요." 소년은 말했다.

소년은 산호 자갈길을 맨발로 걸어서 미끼를 보관해 둔 얼음 창고로 갔다.

노인은 천천히 커피를 마셨다. 고작 이것이 그가 하루 동안 입에 대는 유일한 음식이었고, 그래서 마셔 둬야 한다는 사실을 잘 알고 있었다. 벌써 오래전부터 먹는 것이 귀찮아져서 점심을 싸 가는 법이 없었다. 조각배의 뱃머리에 두는 물병 하나만 있으면 충분히 하루를 견딜 수 있었다.

소년이 정어리와 신문지에 싼 미끼 두 뭉치를 가지고 돌아왔다. 두 사람은 발밑으로 자갈 섞인 모래의 감촉을 느끼면서 오솔길을 따라 조각배가 있는 곳으로 내려가서는 조각배를 들어서 바닷물에 밀어 넣었다.

"할아버지, 행운을 빌어요."

"너도 마찬가지야." 노인이 대답했다. 그는 노를 잡아맨 밧줄을 놋좆에다 동여매고 물속에서 노를 밀치는 힘에 거슬러 몸을 앞쪽으로 구부리고 어둠 속에서 항구 밖으로 배를 저어 나가기 시작했다. 다른 해안에서 온 배 몇 척이 이미 바다를 향해서 노를 저어 가고 있었다. 달이 벌써 언덕 너머로 져서 배들의 모습은 보이지 않았지만 노 젓는 소리가 귓가에 들려왔다.

이따금씩 누군가의 말소리가 들려올 때도 있었다. 그러나 대부분의 배에서는 노 젓는 소리만 들릴 뿐 조용했다. 항구 어귀를 벗어나자 배들은 모두 뿔뿔이 흩어져서 제각기 고기를 잡으려는 방향으로 나아갔다. 노인은 오늘은 멀리 나갈 생각이어서 뭍 냄새를 뒤로하고 싱그러운 새벽 냄새가 풍기는 대양으로 노를 저어 나갔다. 어부들이 '큰 우물'이라고 부르는 근처까지 저어 갔을 때, 노인은 갑자기 물속에서 모자반류(屬) 해초*가 인광을 내뿜는 것을 보았다. 어부들이 이곳을 '큰 우물'이라고 부르는 까닭은 물깊이가 갑자기 700패덤**이나 되기 때문인데, 이곳의 해류는 바다 밑바닥의 가파른 경사면에 부딪쳐 소용돌이를 이루기 때문에 온갖 종류의 고기가 떼를 지어 모여들었다. 작은 새우와 미끼 고기가 떼를 지어 모여 있는가 하면, 어떤 때는 가장 깊숙한 구멍에 오징어 떼도 모여 있었다. 그것들은 밤이 되면 수면 가까이 떠올라 오가는 모든 물고기의 먹잇감이 되었다.

어둠 속에서도 노인은 아침이 다가오는 것을 느낄 수 있었다. 노를 저으면서도 날치가 수면에서 날아오를 때 내는 부르르 떠는 소리라든가, 그 빳빳이 세운 날개가 어둠 속을 날아갈 때 내는 휫휫 소리를 들을 수 있었다. 그는 날치를 무척이나 좋아하여 날치를 바다에서는 가장 친한 친구로 생각했다. 그러나 새들은 가엾다고 생각했는데, 그중에서도 언제나 날아다니면서 먹이를 찾지만 얻는 것이라곤 거의 없는 조그마하고 연약한 제비갈매기를 특히 가엾게 생각했다. 새들은 우리 인간보다 더 고달픈 삶을 사는구나, 하고 그는 생각했다. 물론 강도 새라든가 힘센 새들은 빼놓고 말이지만. 바다가 이렇게 잔혹할 수도 있는데 왜 제비갈매기처럼 연약하고 가냘픈 새

---

* 멕시코 만에서 주로 자라는 해초.
** 수심을 측정하는 단위로 1패덤은 약 1.83미터에 해당한다. 700패덤은 약 1280미터.

를 만들어 냈을까? 바다는 다정스럽고 아름답긴 하지. 하지만 몹시 잔인해질 수도 있는 데다 갑자기 그렇게 되기도 해. 가냘프고 구슬픈 소리로 울며 날아가다가 수면에 주둥이를 살짝 담그고 먹이를 찾는 저 새들은 바다에서 살아가기에는 너무 연약하게 만들어졌단 말이야.

노인은 바다를 늘 '라 마르*'라고 생각했는데, 이는 이곳 사람들이 애정을 가지고 바다를 부를 때 사용하는 스페인 말이었다. 물론 바다를 사랑하는 사람들도 바다를 나쁘게 말할 때가 있지만, 그럴 때조차 바다를 언제나 여자인 것처럼 불렀다. 젊은 어부들 가운데 몇몇, 낚싯줄에 찌 대신 부표를 사용하고 상어 간을 팔아 번 큰돈으로 모터보트를 사들인 부류들은 바다를 '엘 마르'라고 남성형으로 부르기도 했다. 그들은 바다를 두고 경쟁자, 일터, 심지어 적대자인 것처럼 불렀다. 그러나 노인은 늘 바다를 여성으로 생각했으며, 큰 은혜를 베풀어 주기도 하고 빼앗기도 하는 무엇이라고 말했다. 설령 바다가 무섭게 굴거나 재앙을 끼치는 일이 있어도 그것은 바다로서도 어쩔 수 없는 일이려니 생각했다. 달이 여자에게 영향을 미치는 것처럼 바다에도 영향을 미치지, 하고 노인은 생각했다.

노인은 쉬지 않고 꾸준히 노를 저어 나갔고, 속도를 잘 유지한 데다 이따금씩 해류가 소용돌이치는 곳을 제외하고는 수면이 잔잔했기 때문에 별로 힘들지 않았다. 그는 노 젓는 일의

---

* 무생물에도 성의 구별을 두는 스페인어에서는 바다를 여성형으로 '라 마르(la mar)', 남성형으로 '엘 마르(el mar)'라고 부른다.

삼 분의 일가량을 해류에 떠맡기고 있었다. 차츰 날이 밝아 오기 시작하자 이 시간에 저어 나오려고 했던 거리보다 훨씬 더 멀리까지 나와 있다는 것을 깨달았다.

나는 일주일 동안이나 이곳 깊은 우물을 헤맸지만 한 마리도 잡지 못했어, 하고 그는 생각했다. 오늘은 가다랑어나 날개다랑어 떼가 몰려 있는 곳에 가서 줄을 내리면 어쩌면 그것들과 함께 큰 놈이 있을지도 몰라.

날이 완전히 밝기도 전에 노인은 벌써 미끼를 드리우고 조류가 흐르는 대로 배가 떠가도록 내버려 두었다. 첫 번째 미끼는 70미터 되는 곳에 내렸다. 두 번째 것은 140미터 되는 곳에, 그리고 세 번째와 네 번째는 각각 180미터와 230미터나 되는 푸른 물속에 내렸다. 미끼마다 고기 대가리를 아래쪽으로 두고 거꾸로 꿰어 단단히 묶어 놓고 낚시의 꼬부라진 부분과 끝 부분 등의 갈고리는 싱싱한 정어리로 감싸 매어 놓았다. 정어리마다 두 눈알을 낚싯바늘로 꿰뚫어 놓아 마치 돌출한 강철 막대기 위에 받쳐 놓은 반달 모양의 화환처럼 보였다. 낚싯바늘의 어느 곳 하나 큰 고기에게 먹음직스럽게 구수한 냄새가 나지 않고 좋은 맛이 나지 않을 부분이 없었다.

소년은 노인에게 싱싱하고 조그마한 다랑어, 즉 날개다랑어 두 마리를 주었고, 노인은 가장 깊이 드리운 낚싯줄 두 개에 이 고기를 추처럼 매달아 놓았고, 또 다른 낚싯줄에는 전에 썼던 큼직한 푸른 전갱이 한 마리와 갈전갱이 한 마리를 매달아 놓았다. 전에 한 번 썼다고는 하지만 아직도 쓸 만한 상태였으며 이것들과 함께 고기들을 유혹할 만큼 싱싱한 정어리도 매달아 놓았다. 커다란 연필만큼 굵은 낚싯줄은 각각 초록색 칠을 한 막대기에 묶어 놓았기 때문에 고기가 미끼를 잡아당기거나 건드리기만 하면 막대기가 물속으로 잠기게 되어 있었다. 어느 낚싯줄이나 70미터짜리 사리로 된 낚싯줄이 두 개씩 달려 있고, 이것을 다른 여분의 밧줄과 단단히 연결할 수도 있어 필요하다면 고기에게 550미터 넘게 줄을 풀어 줄 수 있었다.

이제 노인은 뱃전 너머로 막대기 세 개가 기우는 것을 지켜보며 낚싯줄이 적당한 수심에서 위아래로 팽팽하게 드리워지도록 가만히 노를 저었다. 이제 날이 제법 밝아져 금방이라도 해가 솟아오를 것만 같았다.

해가 바다 위로 어렴풋이 떠오르자 노인은 다른 고깃배들이 해안 쪽에서 해류를 가로질러 수면에 바짝 붙은 채 한가로이 흩어져 있는 것을 볼 수 있었다. 해가 점점 더 밝아지면서 바다 위에 찬란한 빛을 쏟아 놓았다. 마침내 해가 완전히 모습을 드러내자 평평한 바다가 빛을 반사하여 그의 두 눈을 부시게 했기 때문에 그는 해를 쳐다보지 않은 채 노를 저었다. 물속을 내려다보며 어두운 물속에 곧게 드리운 낚싯줄을 유심히 지켜보았다. 그는 어떤 어부보다도 낚싯줄을 똑바로 드리울 수 있었다. 그렇게 해야만 어두운 해류의 층마다 정확히 그가 바라는 수심에다 미끼를 놓고 그곳을 헤엄쳐 가는 고기를 기다릴 수 있었다. 다른 어부들은 해류가 흐르는 대로 미끼를 내맡겼고, 또 어떤 어부들은 때로 180미터가 되리라고 생각하지만 실제로는 110미터밖에 되지 않는 곳에 미끼를 놓아두는 경우도 있었다.

하지만 난 정확하게 미끼를 드리울 수 있지, 하고 노인은 생
각했다. 단지 내게 운이 따르지 않을 뿐이야. 하지만 누가 알
겠어? 어쩌면 오늘 운이 닥쳐올는지. 하루하루가 새로운 날이
아닌가. 물론 운이 따른다면 더 좋겠지. 하지만 나로서는 그보
다는 오히려 빈틈없이 해내고 싶어. 그래야 운이 찾아올 때 그
걸 받아들일 만반의 준비를 갖추고 있게 되거든.

해가 떠오른 지 벌써 두 시간이 지나서 이제는 동쪽을 바라
보아도 그다지 눈이 아프지 않았다. 배가 세 척밖에 눈에 띄
지 않았고, 그 배들마저도 저 멀리 해안선 쪽에 나지막하게
떠 있었다.

평생 동안 이른 아침 햇살에 눈이 상했지, 하고 노인은 생각
했다. 하지만 내 눈은 아직도 멀쩡해. 저녁 해를 똑바로 바라
보아도 눈앞이 캄캄해지지 않으니까. 저녁 햇살이 지금 햇살
보다 훨씬 강한 빛을 내뿜는데도 말이야. 하지만 아침 햇살에
는 눈이 따가워.

바로 그때 군함새* 한 마리가 검고 길쭉한 날개를 활짝 펴
고 그의 앞쪽 상공을 맴돌고 있는 것이 보였다. 새는 날개를
뒤로 쭉 젖히고 비스듬하게 수면에 급강하해 내려왔다가 다
시 맴돌며 휙 하고 하늘로 솟구쳐 올라 선회했다.

"저놈이 뭘 찾아낸 모양이로구나. 그냥 먹이를 찾고 있는

---

* 사다새목(pelecaniformes) 군함새과(fregatidae)에 속하는 5종의 큰 해양
성 조류. 군함새류는 칼새류를 제외하면 모든 조류 중에서 가장 오래 공중에
떠 있는 조류로서 잠을 자거나 둥지를 돌볼 때만 땅에 내려앉는다.

게 아냐." 노인은 큰 소리로 말했다.

노인은 새가 빙빙 맴돌고 있는 곳을 향해 천천히 그리고 침착하게 노를 저어 나갔다. 조금도 서두르지 않고 낚싯줄이 위아래로 곧추 드리워 있도록 했다. 그러나 여전히 고기를 제대로 낚아 올릴 수 있도록 해류 속으로 배를 밀어 넣었다. 물론 새를 이용하지 않고 고기를 낚아 올릴 때보다 속도가 빠르긴 했지만 말이다.

새는 다시 공중으로 더 높이 솟아올라 날개를 움직이지 않고 다시 한 번 빙빙 맴돌았다. 그러고 나서 갑자기 수면으로 급강하했는데 그때 노인은 물 위로 날치가 불쑥 튀어 올라 필사적으로 수면을 미끄러지는 것을 보았다.

"만새기다!" 노인은 큰 소리로 외쳤다. "큰 만새기야!"

노인은 놋좆에 노를 걸어 놓고 뱃머리 아래에서 작은 낚싯줄 하나를 꺼냈다. 철사 목줄과 중간 크기의 낚싯바늘이 달려 있는 이 낚싯줄에 정어리 한 마리를 미끼로 매달았다. 그는 뱃전 너머로 낚싯줄을 던지고는 고물에 있는 고리 달린 볼트에 단단히 동여맸다. 그러고 나서 다른 낚싯줄에도 미끼를 달아 줄을 둘둘 사려 이물 쪽 구석에 놓아두었다. 그는 다시 노를 젓기 시작하면서 날개가 길쭉한 검은 군함새가 수면 위로 나지막하게 날면서 열심히 먹이를 찾는 모습을 지켜보았다.

노인이 지켜보고 있자니 새는 날치의 뒤를 쫓으면서 날개를 비스듬히 기울이고 쓸데없이 사납게 날개를 퍼덕거리다가 또다시 급강하했다. 그 순간 노인은 커다란 만새기가 달아나는 날치 떼를 쫓고 있어서 수면이 조금 부풀어 오르는 것을 볼 수 있었다. 만새기들은 날치 떼가 날고 있는 아래쪽에서 물을 가르면서 물속에 기다리고 있다가 날치가 수면에 떨어지면 전속력으로 달려들곤 했다. 굉장한 만새기 떼로구나, 하고 그는 생각했다. 만새기 떼가 아주 넓게 흩어져 있어서 날치들이 도망칠 기회가 별로 없겠는걸. 군함새도 먹이를 차지할 가망이 전혀 없고. 군함새한테는 날치가 너무 큰 먹잇감인 데다 너무 빨리 도망치거든.

노인은 날치 떼가 몇 번이나 거듭하여 수면에서 튀어 오르고 군함새가 헛된 동작을 되풀이하는 것을 지켜보았다. 저 만새기 떼는 내게서 멀어졌군, 하고 그는 생각했다. 놈들은 너무 빨리, 너무 멀리 달아나고 있단 말이야. 하지만 어쩌면 무리에서 뒤처진 놈 하나쯤은 낚을 수 있겠지. 게다가 내가 노리는 큰 고기가 만새기 떼 주위에 있을지도 몰라. 내가 찾는 큰 고기는 그 근처 어디에 틀림없이 있을 거야.

뭍 위에서는 구름이 산더미처럼 뭉게뭉게 피어오르고 해안은 회색빛이 도는 푸른 언덕을 배경으로 한 가닥 초록색 선으로 보일 뿐이었다. 바닷물은 이제 거의 보랏빛에 가까울 정도로 검푸른 빛을 띠고 있었다. 어두운 물속을 들여다보니 체로 쳐낸 듯한 붉은 플랑크톤이 둥둥 떠 있고, 햇빛에 반사되어 이상야릇한 빛깔로 보였다. 노인은 보이지 않는 물속으로 낚싯줄이 똑바로 드리워졌나 눈여겨보았고, 플랑크톤이 많은 곳에 고기가 많이 몰리기 때문에 기분이 좋았다. 해가 좀 더 높이 떠올랐는데도 물속에 이상한 빛이 만들어지는 것을 보면 날씨가 좋을 징조였다. 뭍의 구름 모양을 보아도 알 수 있었다. 그러나 이제 군함새는 거의 자취를 감추었고, 바다 위에서는 아무것도 보이지 않았다. 햇살을 받아 노랗게 바랜 모자반류 해초 몇 조각, 고깔해파리의 젤라틴 모양을 한 끈적끈적한 보랏빛 기포가 무지개 빛깔로 반짝이며 조각배 바로 옆에 둥둥 떠 있을 뿐이었다. 고깔해파리는 옆으로 누워 있다 다시 곧추섰다 했다. 물속으로 1미터가 조금 안 되는 치명적인 자주색 사상체(絲狀體)를 길게 늘어뜨린 채 물거품처럼 유유히 둥실둥실 떠다니고 있었다.

"아구아 말라*로구나. 갈보 년 같으니." 노인이 내뱉었다.

노인이 노에 기댄 채 가볍게 흔들거리고 있는 곳에서 물속을 들여다보았더니, 길게 꼬리를 늘어뜨린 사상체 같은 색깔의 조그마한 고기들이 그 사이로 헤엄쳐 다니기도 하고 떠다니는 거품이 만드는 조그마한 그늘 밑으로 다니기도 하는 것이 보였다. 이런 고기들은 고깔해파리의 독에 면역이 되어 있다. 그러나 사람은 그렇지 못해서 사상체 일부가 낚싯줄에 붙어서 보랏빛으로 끈적끈적하게 남아 있다가 고기를 낚아 올릴 때 그것을 만지게 되면 마치 독담쟁이덩굴이나 옻나무처럼 손이나 팔에 부푼 자국이나 물집이 생기곤 한다. 아구아 말라의 독은 훨씬 빨리 번지는 데다 채찍을 맞은 자국처럼 부풀어 오른다.

무지갯빛 거품은 아름다웠다. 그러나 그 거품은 바다에서도 가장 허황하기 짝이 없는 것이라 노인은 커다란 바다거북

---

* '해파리'를 가리키는 스페인어로 본디 '해로운 물'이라는 뜻이다.

이 해파리들을 먹어 치우는 것을 보면 기분이 좋았다. 바다거북들은 해파리를 보면 정면으로 다가가 눈을 딱 감은 채 몸을 완전히 등껍질 속에 숨기고 사상체니 뭐니 모조리 먹어 치우곤 했다. 노인은 바다거북이 그것들을 먹어 치우는 모습을 바라보는 것이 좋았다. 또한 폭풍우가 지나가고 난 뒤 해안으로 떠밀려 온 고깔해파리들 위를 걷는 것을 좋아했고, 뿔처럼 딱딱하게 굳은 발뒤꿈치로 그것들을 밟을 때 퍽퍽 하고 나는 소리를 듣는 것도 좋아했다.

노인은 우아한 데다 동작이 빠르고 아주 값이 나가는 녹색 바다거북과 대모거북을 좋아했다. 그러나 몸집만 크고 우둔한 붉은바다거북에 대해서는 친밀함을 느끼면서도 또한 경멸감을 느꼈다. 누런 껍데기를 뒤집어쓰고 있는 그놈들은 교미하는 것도 유별나고 눈을 지그시 감은 채 자못 만족스러운 듯 고깔해파리를 잡아먹는다.

노인은 지금까지 여러 해 동안 바다거북잡이 배를 탄 적이 있었지만 바다거북에 대해서는 왠지 아무런 신비감도 느껴보지 못했다. 오히려 가엾게만 느껴졌다. 길이가 지금 탄 조각배만 하고 무게도 1톤쯤 나가는 등이 큼직한 장수거북도 가엾다는 생각이 들었다. 대부분의 사람들이 바다거북에 대해 무자비한 것은, 바다거북을 칼로 난도질해서 완전히 토막을 낸 뒤에도 심장이 몇 시간 동안이나 살아 있을 때처럼 고동치기 때문이다. 하지만 내 심장도 바다거북의 것과 비슷하고, 또 내 손발도 바다거북의 것과 다를 바 없지 않은가, 하고 노인은 생각했다. 노인은 기력을 돋우려고 바다거북의 흰 알을 먹었다.

9월과 10월에 힘을 길러 진짜 큰 고기를 많이 낚을 수 있도록 5월 내내 바다거북의 알을 먹어 두었던 것이다.

또한 노인은 어부들이 어구를 맡겨 두는 오두막집의 커다란 드럼통에 들어 있는 상어의 간유도 날마다 한 잔씩 마셨다. 누구든지 마시고 싶은 사람은 마실 수 있도록 그곳에 놓아둔 것이었다. 그러나 대부분의 어부들은 그 맛을 끔찍이도 싫어했다. 싫은 것으로 말하자면 매일 아침 일찍 일어나야 하는 것보다 더한 게 있을까. 상어의 간유는 온갖 감기와 독감에도 아주 효력이 있고 눈에도 좋았다.

노인이 문득 눈을 들어 보니 군함새가 또다시 공중에서 빙빙 맴돌고 있었다.

"저놈이 고기를 찾았구나." 노인은 큰 소리로 말했다. 이제는 해수면을 박차고 날아오르는 날치도 보이지 않고, 먹잇감 고기들이 흩어지는 모습도 보이지 않았다. 그러나 노인이 지켜보는 동안 조그마한 다랑어 한 마리가 공중으로 뛰어올라 빙글빙글 돌다가 대가리부터 처박으며 물속으로 떨어졌다. 다랑어는 햇빛을 받아 은색으로 빛났다. 그놈이 물속으로 떨어지자 다른 놈들도 잇달아 뛰어올라 사방으로 곤두박질하고 물을 휘젓고 먹잇감을 향해 멀리 껑충 뛰어올랐다. 다랑어들은 먹잇감 주변에 둥글게 원을 그리며 그것을 쫓아가고 있었다.

저놈들이 저렇게 빨리 달리지만 않는다면 그놈들 속에 들어갈 수 있을 텐데, 하고 노인은 생각했다. 그는 하얗게 물거품을 일으키고 있는 다랑어 떼와 겁에 질려 어쩔 수 없이 수면 위로 쫓겨 나온 먹잇감 고기를 향해 군함새가 물속에 주둥이를 첨벙 내리 덮치는 모습을 지켜보았다.

"군함새가 큰 도움이 된단 말이야." 노인이 말했다. 바로 그때 한 바퀴 감아서 발로 누르고 있던 고물의 낚싯줄이 팽팽하게 당겨졌다. 그는 노를 내려놓고 낚싯줄을 단단히 잡아 끌어당기는 동안 부르르 몸을 떨며 줄에 매달려 있는 조그마한 다랑어의 무게를 느낄 수 있었다. 낚싯줄을 잡아당길수록 진동이 더욱 커지더니 뱃전 너머 배 안으로 끌어들이기 전, 물속에서 고기의 푸른 등과 황금빛 옆구리가 보였다. 몸집이 탱탱하고 탄알처럼 생긴 그놈은 햇볕을 받으면서 고물 쪽에 벌렁 드러누웠다. 큼직하고 멍청한 두 눈알을 동그랗게 부릅뜨고, 쭉 뻗은 날렵한 꼬리로 배 바닥 널빤지를 잽싸게 내리치며 스스로 목숨을 재촉하고 있었다. 노인은 친절하게 그놈의 대가리를 두들기고는 아직도 몸을 떨고 있는 놈을 고물 구석 아래쪽으로 걷어차 버렸다.

"날개다랑어군. 훌륭한 미끼가 되겠는걸. 족히 4킬로그램 반은 나갈 것 같은데." 노인이 큰 소리로 말했다.

노인은 혼자 있을 때 도대체 언제부터 이렇게 큰 소리를 내어 혼잣말을 하기 시작했는지 잘 기억이 나지 않는다. 예전에 혼자 있을 때는 곧잘 노래를 불렀고, 한밤중에 스맥선*이나 바다거북잡이 배를 타고 혼자 당번을 서며 키를 잡을 때도 가끔 노래를 부르곤 했다. 이렇게 큰 소리로 혼잣말을 하기 시작한 것은 아마 소년이 배에서 떠나고 혼자서 고기잡이를 하면서

---

* 고기를 산 채로 넣어 두는 통발을 갖춘 어선.

부터인 것 같았다. 그러나 확실한 기억은 나지 않았다. 소년과 함께 고기잡이를 할 때도 꼭 필요한 경우가 아니면 서로 말을 하지 않았다. 한밤중이거나 날씨가 사나워 폭풍우에 갇혀 있을 때 두 사람은 이야기를 나누었다. 바다에서는 쓸데없이 말을 지껄이지 않는 것을 미덕으로 여겼으며, 노인은 언제나 그렇게 생각하고 그대로 지켰다. 그러나 지금은 귀찮아할 사람이 아무도 없기 때문에 자신의 생각을 입 밖에 내서 큰 소리로 몇 번이나 지껄여 댔다.

"만약 남들이 내가 큰 소리로 혼자 지껄이는 것을 들으면 아마 나더러 미쳤다고 하겠지. 하지만 나는 미치지 않았으니 상관없어. 돈 있는 어부들은 배 안까지 라디오를 가지고 와서 이야기도 듣고 또 야구 중계도 듣지." 그가 큰 소리로 말했다.

지금은 야구 생각을 할 때가 아니지, 하고 그는 생각했다. 지금은 한 가지 일만 생각할 때야. 그 일을 위해 내가 태어나지 않았던가. 저 다랑어 떼 주변에 어쩌면 큰 놈이 하나 있을지 몰라, 하고 그는 생각했다. 나는 다만 먹이를 먹다 무리에서 뒤처진 낙오자 한 놈만 낚아 올렸을 따름이지. 하지만 저놈들은 저렇게 멀리 그리고 저렇게 빠르게 가고 있군. 오늘 수면에 나타나는 것들은 하나같이 북동쪽 방향으로 무섭게 빨리 날리고 있어. 이건 하루 중 그런 시간대기 때문인 걸까? 아니면 내가 알지 못하는 어떤 날씨의 조짐일까?

노인의 눈에는 이제 더 해안의 초록빛 선은 보이지 않았고 다만 푸른 언덕이 마치 눈에 덮인 것처럼 하얀 모습을 드러내고 있었으며, 다시 그 위로 우뚝 솟은 눈 산처럼 흰 구름이 뭉게뭉게 피어올라 있을 뿐이었다. 바다는 아주 어두운 빛을 띠고 있었고, 햇빛이 물속에서 프리즘을 만들어 내고 있었다. 수없이 많은 플랑크톤 떼가 하늘 높이 떠 있는 해 때문에 이제 완전히 사라지고 말았다. 이제 노인의 눈에 보이는 것이라곤 푸른 물속 깊이 비치는 짙은 프리즘과 함께 1킬로미터 반쯤 되는 물속으로 똑바로 드리워진 낚싯줄뿐이었다.

다랑어는 다시 물속에 잠겨 버렸다. 어부들은 이런 종류의 고기들을 모두 다랑어라고 불렀고, 고기를 팔거나 미끼와 바꿀 때만 구별해서 고유한 이름으로 불렀다. 이제 해가 뜨겁게 내리쬐어 노인은 목덜미에 뜨거운 햇살을 느꼈고, 노를 젓는 그의 등골을 타고 땀이 줄줄 흘러내렸다.

이제 배가 떠내려가도록 내버려 두고 한숨 잘 수 있겠군, 하고 노인은 생각했다. 낚싯줄로 고리를 만들어 발가락 주위에 걸어 놓고 자면 바로 깰 수 있을 거야. 하지만 오늘로 벌써 여든 날하고도 닷새째이니 무슨 일이 있어도 큰 놈을 낚아 올려야 할 텐데.

바로 그때 낚싯줄을 지켜보던 노인의 눈에 물 위로 솟아 있던 초록색 막대기가 갑자기 물속으로 푹 잠기는 것이 보였다.

"옳거니! 옳거니!" 그가 말했다. 배에 세게 부딪치지 않도록 하면서 그는 노를 노받이에 가만히 올려놓았다. 그리고 오른팔을 뻗어 엄지손가락과 집게손가락으로 살며시 낚싯줄을 잡았다. 잡아당기는 힘도 무게도 느껴지지 않아서 그냥 낚싯줄을 가볍게 붙잡고 있었다. 이윽고 또다시 잡아당기는 것이 느껴졌다. 이번에는 시험 삼아 건드려 보는 입질인지 강도도 무게도 별로 느껴지지 않았다. 그는 모든 상황을 손바닥 들여다 보듯 훤히 알고 있었다. 180미터나 되는 바다 밑에서 지금 청새치 한 마리가 낚싯바늘의 뾰족한 끝과 중간 부분을 덮고 있는 정어리들을 뜯어 먹고 있는 것이다. 그리고 그 속에는 노인이 직접 손으로 만든 낚싯바늘이 작은 다랑어 대가리로부터 불쑥 나와 있었다.

노인은 정교하게 낚싯줄을 잡고 왼손으로 살그머니 그것을 낚싯대에서 풀어 놓았다. 이제는 고기에게 아무런 저항도 느끼게 하지 않고서도 낚싯줄을 손가락 사이에서 얼마든지 풀어 줄 수 있었다.

이렇게 먼 바다까지 나온 걸 보면 이번 달에 걸릴 고기로는 아주 큰 놈인 게 틀림없어, 하고 그는 생각했다. 자, 어서 잡수시지, 고기 양반. 마음껏 잡수시라고. 제발 마음껏 드시라니까 그러네. 그 얼마나 싱싱한 미끼더냐. 그리고 넌 180미터가 넘는 그 차갑고 어두운 물속에 들어가 있잖니. 어둠 속을 다시 한 바퀴 돌고 와서 먹으려무나.

가볍고 조심스럽게 줄이 당겨지는 것이 느껴졌고, 곧이어 낚싯바늘에서 정어리 대가리를 빼어 내기가 힘든지 이번에는 좀 더 센 입질이 느껴졌다. 그러고 나서는 아무 반응이 없이 다시 조용해졌다.

"자! 한 바퀴 더 돌고 와. 어디 냄새를 한번 맡아 보시지. 냄새가 참 구수하지? 자, 이제 잡숴 보시지. 다랑어도 있잖아. 얼마나 탱탱하고 차고 맛있는데. 체면 차릴 것 없어, 고기 양반. 자, 어서 잡수시라고." 노인이 큰 소리로 말했다.

노인은 엄지손가락과 집게손가락으로 낚싯줄을 쥔 채 고기가 위아래로 헤엄칠 경우를 대비해 동시에 다른 낚싯줄도 지켜보며 기다리고 있었다. 바로 그때 조금 전처럼 가볍게 입질하는 것이 느껴졌다.

　"이번에는 미끼를 물 테지. 하느님, 그놈이 제발 먹게 해 주십시오!" 노인이 큰 소리로 말했다.

　그러나 고기는 이번에도 물지 않았다. 달아나 버렸는지 노인은 아무런 반응도 느낄 수 없었다.

　"저놈이 도망갈 리가 없는데. 절대로 도망갈 리가 없어. 그냥 한 바퀴 돌고 있는 걸 거야. 어쩌면 전에 낚시에 걸린 적이 있어서 그때 일을 기억하고 있는 건지도 모르지."

　그때 낚싯줄에 가벼운 반응이 오자 노인은 흐뭇했다.

　"역시 한 바퀴 돌고 왔을 뿐이야. 이젠 틀림없이 먹겠지."

　노인은 가볍게 끌리는 느낌에 기분이 좋았고, 다음 순간 뭔가 거세고 도저히 믿어지지 않을 만큼 육중한 것이 느껴졌다. 그것은 틀림없이 고기의 무게였다. 그는 여분으로 준비해 놓은 두 개의 예비 낚싯줄 중 하나를 아래로 아래로 계속 풀어 주었다. 그의 손가락 사이에서 낚싯줄이 가볍게 풀려 내려가는 동안 비록 엄지손가락과 집게손가락에는 아무런 저항도 느껴지지 않았지만 여전히 육중한 무게감을 느낄 수 있었다.

　"굉장한 놈이로군. 미끼를 비스듬히 입에 물고 도망치고 있어." 노인이 말했다.

　한 바퀴 돌고는 미끼를 삼켜 버릴 테지, 하고 그는 생각했다. 그러나 그런 생각을 입 밖에 내서 말하지는 않았다. 뭔가 좋은 일은 입 밖에 내면 일어나지 않을지도 모른다는 것을 잘 알고 있었기 때문이다. 그는 굉장히 큰 고기라는 것을 알고 있었고, 다랑어를 비스듬히 입에 물고 어두운 바닷속으로 도망치고 있는 그놈의 모습을 머릿속으로 상상해 보았다. 바로 그 순간 고기가 갑자기 동작을 멈추는 것이 느껴졌지만 중량감은 그대로 남아 있었다. 이윽고 중량감이 더욱 늘어나자 그는 낚싯줄을 더 풀어 주었다. 잠시 엄지손가락과 집게손가락의 압력을 높이자 점점 무거워지면서 줄은 곧장 아래쪽으로 내려갔다.

"이놈이 미끼를 삼켜 버렸군. 잘 집어삼키도록 해 줘야지." 그가 말했다.

노인은 손가락 사이로 낚싯줄이 풀려 내려가는 것을 지켜보면서 마침내 왼손을 뻗어 여분 낚싯줄 두 개의 끄트머리를 다른 예비 낚싯줄 두 개에 단단히 붙들어 맸다. 이제 만반의 준비가 끝난 셈이다. 지금 사용하고 있는 낚싯줄 말고도 70미터짜리 낚싯줄을 여분으로 세 개나 더 갖게 되었기 때문이다.

"좀 더 삼키시지. 아주 꿀꺽 삼키란 말이다." 그가 말했다.

낚싯바늘 끝이 네 심장 깊숙이 박혀 숨통이 끊어질 때까지 꿀꺽 삼켜 버려, 하고 그는 생각했다. 자, 이제 순순히 물 위로 떠올라 오시지. 작살로 푹 찌를 수 있도록. 옳지. 각오는 되었겠지? 이젠 그만하면 실컷 잠수셨겠지?

"자!" 그는 큰 소리로 외치면서 손뼉을 세게 치고 1미터쯤 낚싯줄을 잡아당기고 나서, 또다시 여러 번 손뼉을 치면서 두 팔의 힘과 온몸의 무게를 실어 팔을 번갈아 내밀면서 낚싯줄을 힘껏 당기고 또 당겼다.

그러나 아무 반응도 없었다. 고기는 그냥 천천히 달아나 버리일 뿐 노인은 조금도 끌어올릴 수 없었다. 그의 낚싯줄은 본디 큰 고기를 잡기 위해 만든 것이라서 튼튼했다. 줄에서 물방울이 튈 정도로 그는 등에다 줄을 대고 팽팽하게 잡아당겼다. 이어 줄은 물속에서 천천히 쉿쉿 하는 소리를 내기 시작했고, 그는 배의 가름대에 앉아 끌어당기는 힘에 맞서 몸을 뒤로 버틴 채 여전히 줄을 잡고 있었다. 조각배는 북서쪽을 향해 천천히 움직이기 시작했다.

고기는 한결같은 속도로 움직였고, 배와 고기는 잔잔한 바다 위를 한가로이 헤쳐 나갔다. 다른 미끼들은 아직 물속에 있었지만 달리 손쓸 도리가 없었다.

"옆에 그 애가 있으면 좋을 텐데." 노인이 큰 소리로 말했다. "나는 지금 고기한테 끌려가고 있고, 내 몸은 밧줄 걸이가 된 셈이야. 이 줄을 어딘가에 단단히 잡아맬 수도 있어. 하지만 그렇게 했다가는 고기 놈이 줄을 끊어 버릴지도 몰라. 어떻게 해서든지 붙잡고 있다가 고기가 끌고 갈 때에는 줄을 더 풀어 줘야 해. 이놈이 물속으로 들어가지 않고 이렇게 옆으로 움직여 주는 것만도 천만다행이지 뭐야."

하지만 만약 이놈이 물속으로 내려갈 생각을 하면 어떻게 한담? 또 이놈이 물 밑으로 곤두박질쳐 죽기라도 하면 어떻게 하지? 모르겠는걸. 하지만 무슨 수를 써 봐야지. 내게도 방법은 많으니까.

노인은 여전히 등에 낚싯줄을 걸친 채 줄이 물속에 비스듬히 꽂힌 채 조각배가 꾸준히 북서쪽 방향으로 끌려가는 것을 지켜보았다.

이러다가 죽을 테지, 하고 노인은 생각했다. 언제까지고 이렇게 버티고만 있을 수는 없을 테니. 그러나 네 시간이 지나도록 고기는 여전히 배를 끌면서 먼 바다로 헤엄쳐 가고 있었고, 노인은 여전히 낚싯줄을 등에 걸친 채 꿋꿋이 버티고 있었다.

"저놈이 낚시에 걸려든 게 정오 무렵이었지. 그런데 아직 녀석의 낯짝도 보지 못했단 말이야."

노인은 고기가 낚시에 걸리기 전부터 밀짚모자를 깊숙이 눌러쓰고 있던 탓에 이마가 쓰리고 아팠다. 또한 갈증이 나서 두 무릎을 꿇고 낚싯줄이 갑자기 당겨지지 않도록 조심하면서 될 수 있는 대로 뱃머리 쪽으로 가까이 기어가서는 한 손을 뻗어 물병을 집어 들었다. 그는 뚜껑을 열고 물을 조금 마셨다. 그러고 나서 뱃머리에 몸을 기대고 쉬었다. 돛대 받침에서 뽑아 놓은 돛대와 돛 위에 앉아 휴식을 취하면서 아무 생각도 하지 않고 오직 참고 견디려고 할 뿐이었다.

그러고 나서 문득 뒤를 돌아보니 뭍이 보이지 않았다. 뭍이 보이지 않아서 어떻단 말인가, 하고 그는 생각했다. 난 언제든지 아바나 쪽에서 비치는 밝은 빛을 보고 항구로 돌아갈 수 있거든. 해가 지려면 아직 두 시간이나 남았고, 어쩌면 그때까지는 고기 놈이 올라와 줄지 모르지. 만약 그때까지 올라와 주지 않는다면 달이 떠오를 때까지는 올라와 주겠지. 또 그때까지도 올라오지 않는다면 내일 아침 해가 뜰 때는 올라와 주겠지. 지금 내 몸엔 쥐도 나지 않고 기운이 팔팔 흘러넘치고 있어. 입에 낚싯바늘이 걸려 있는 건 저놈이야. 하지만 저렇게 끌어 대다니 대단한 놈이로군. 철사 목줄에 주둥아리가 단단히 걸린 게 틀림없어. 저놈 낯짝을 한번 봤으면 좋겠는데. 내 상대가 어떤 놈인지 알기 위해서라도 꼭 한 번만이라도 보면 좋으련만.

노인이 별을 보고 판단한 결과에 따르면, 고기는 그날 밤새도록 진로나 방향을 조금도 바꾸지 않았다. 해가 떨어진 뒤부터는 날씨가 추워져서 노인의 등과 두 팔과 노쇠한 다리에 흘렀던 땀이 마르자 한기가 느껴졌다. 미끼 상자를 덮어 두었던 부대를 벗겨 낮 동안 햇볕에 말려 놓았다. 해가 떨어지자 그는 등이 덮이게 그것을 목 주위에 감고는 어깨에 가로질러 있는 낚싯줄 밑으로 조심스럽게 밀어 넣었다. 부대가 낚싯줄의 쿠션 역할을 해 주었고, 뱃머리에 기대어 몸을 앞쪽으로 기울이고 앉는 방법을 찾아냈기 때문에 제법 편안한 자세가 되었다. 실제로는 견딜 수 없는 자세를 겨우 면한 것에 지나지 않았지만, 그래도 퍽 편안해졌다고 생각했던 것이다.

나도 저놈을 어떻게 할 도리가 없고 저놈도 나를 어떻게 할 도리가 없겠지, 하고 그는 생각했다. 저놈이 지금처럼 계속 버티고 있는 한에는 말이야.

한번은 일어나서 뱃전 너머로 오줌을 누고 별을 올려다보면서 진로를 확인했다. 그의 어깨에서 곧장 뻗어 나간 낚싯줄이 물속에서 마치 한 줄기 인광처럼 보였다. 이제 배와 고기는 아까보다 느린 속도로 움직이고 있었으며, 아바나 쪽 하늘이 그렇게 밝지 않은 것으로 보아 해류에 동쪽으로 밀려가고 있었음에 틀림없었다. 만약 아바나의 불빛이 보이지 않는다면 우리는 좀 더 동쪽으로 가고 있는 게 틀림없어, 하고 그는 생각했다. 만약 이놈의 고기가 가고 있는 진로가 옳다면, 난 벌써 몇 시간 전에 불빛을 보았을 테니 말이야. 오늘 메이저리그 경기는 어떻게 되었을까, 하고 그는 생각했다. 라디오로 야구 중계를 들을 수 있다면 얼마나 멋질까. 계속해서 그 고기 놈만 생각해야지, 하고 그는 곧 다짐했다. 네가 지금 하고 있는 일만 생각하란 말이야. 어리석은 짓을 해서는 절대로 안 돼.

그러고 나서 노인은 큰 소리로 말했다. "그 애가 옆에 있다면 얼마나 좋을까. 나를 도와줄 수도 있고, 이걸 구경할 수도 있을 텐데."

늙어서는 어느 누구도 혼자 있어서는 안 돼, 하고 그는 생각했다. 하지만 어쩔 도리가 없는걸. 잊지 말고 저 다랑어가 상하기 전에 먹고 기운을 차려야지. 아무리 먹기 싫더라도 아침에는 꼭 먹어야 해. 절대로 잊어서는 안 돼, 하고 그는 스스로를 타일렀다.

밤중에 돌고래 두 마리가 조각배 주위에 다가와 이리저리 뒹굴며 물을 내뿜는 소리가 들렸다. 노인은 수컷이 물을 내뿜는 소리와 암컷이 한숨을 쉬듯 물을 내뿜는 소리를 분간할 수 있었다.

"착한 놈들이지. 놈들은 함께 놀고 장난도 치고 사랑도 하지. 저 돌고래들도 날치와 마찬가지로 우리의 형제들이지." 그가 말했다.

그러고 나서 노인은 자신의 낚시에 걸린 큰 고기가 불쌍하다는 생각이 들기 시작했다. 멋지고 별난 놈이야. 도대체 나이를 얼마나 먹은 놈일까, 하고 그는 생각했다. 이렇게 힘센 놈, 또 이렇게 별나게 구는 놈은 머리털 나고 지금이 처음이지 뭐야. 날뛰지 않는 것을 보니 여간 똑똑한 놈이 아닌걸. 이놈이 날뛰거나 마구 요동치는 날에는 꼼짝없이 내가 끝장나고 말 텐데. 하지만 아마 전에도 여러 번 낚시에 걸린 경험이 있어 이럴 때는 지금처럼 싸워야 한다고 생각하고 있는 모양이야. 자신의 상대가 오직 한 사람뿐이며 게다가 나이 든 늙은이라는 사실은 까맣게 모르고 있을 거야. 아무튼 굉장한 놈이야. 고기 살이 좋다면 시장에서 값이 많이 나가겠지. 미끼를 먹는 것도, 낚싯줄을 끌고 가는 것도 꼭 사내답게 하는군. 싸울 때 조금도 당황하는 빛이 없단 말이야. 저놈에게 무슨 계획이라도 있는 것일까, 아니면 나와 마찬가지로 그저 필사적인 상태에 놓여 있는 것일까?

노인은 언젠가 청새치 한 쌍 중에서 한 마리를 낚았던 일이 기억났다. 먹이를 발견하면 수놈은 언제나 암컷에게 먼저 먹게 한다. 그때 낚시에 걸려든 놈은 암놈이었는데 겁에 질려 사방으로 마구 날뛰면서 필사적으로 투쟁하다가 곧 기진맥진해 버렸고, 그러는 동안 수놈은 계속 암컷 옆에 붙어서 낚싯줄을 넘어 다니기도 하고 암컷과 함께 둥그렇게 원을 그리며 수면을 맴돌기도 했다. 수놈이 너무 암놈 가까이 따라다녔기 때문에 큰 낫처럼 날카롭고 모양이나 크기도 큰 낫 같은 꼬리로 낚싯줄을 끊어 버리지나 않을까 걱정되었다. 노인은 암놈을 갈고리로 끌어올리고 몽둥이로 후려갈겼는데 가장자리가 사포처럼 거칠고 쌍날칼같이 뾰족한 주둥이를 잡고 몽둥이로 골통을 마구 후려치자 마침내 고기 색깔이 거울 뒷면의 색깔처럼 변해 버렸다. 그러고 나서 소년의 도움으로 그놈을 배 안으로 끌어올렸을 때까지도 수놈은 한시도 뱃전에서 떠나지 않고 있었다. 그런 뒤 노인이 낚싯줄을 풀고 작살을 준비하는 동안 수놈은 암놈이 있는 곳을 보려고 뱃전 옆에서 공중 높이 뛰어올랐다가 날개처럼 생긴 자주색 가슴지느러미를 활짝 펴고 널찍한 자주색 줄무늬를 드러내 보이더니 물속 깊이 자취를 감춰 버렸다. 참으로 아름다운 놈이었지, 하고 노인은 그때의 추억을 되새겼다. 마지막까지 머물러 있더니만.

청새치를 잡으면서 목격한 일 중에서 가장 슬픈 사건이었어, 하고 노인은 생각했다. 그 애도 슬퍼했고, 우리는 암놈에게 용서를 빌고는 즉시 칼질을 해 버렸지.

"그 애가 지금 내 옆에 있다면 얼마나 좋을까." 노인은 큰소리로 말하고 나서 둥그스름한 이물 널빤지에 몸을 기댔다. 그러자 어깨에 가로질러 걸친 낚싯줄을 통해 자신이 선택한 진로를 향해 꾸준히 나아가는 큰 고기의 힘이 느껴졌다.

일단 내 계책에 걸려든 이상 어느 편이든 선택하지 않고는 못 배길 거야, 하고 노인은 생각했다.

그런데 이놈이 선택한 방법이란 온갖 올가미나 덫이나 계책이 미치지 못하는 먼 바다의 깊고 어두운 물속에 잠겨 있자는 것이지. 내가 선택한 방법이란 모든 사람이 다다르지 못하는 그곳까지 쫓아가서 그놈을 찾아내는 것이고. 이 세상의 모든 사람이 가지 못하는 그곳까지 말이야. 그래서 우리는 지금 함께 있는 것이고, 정오부터 줄곧 이렇게 함께 있었던 거야.

더구나 우리를 도와주는 사람 하나 없이.

차라리 어부가 되지 말걸 그랬나 보다, 하고 노인은 생각했다. 그렇지만 어부가 되는 게 내 타고난 운명이 아닌가. 날이 밝는 대로 잊지 말고 꼭 다랑어를 먹어야지.

먼동이 트기 얼마 전, 그의 뒤쪽에 내려 둔 미끼 하나에 뭔가가 걸려들었다. 막대기가 부러지면서 낚싯줄이 뱃전 밖으로 갑자기 풀려 나가는 소리가 들리기 시작했다. 그는 어둠 속에서 칼집에 든 칼을 꺼내 뱃전에 기대고 있던 왼쪽 어깨로 고기의 모든 중량을 받으면서 뱃전 나무에 대고 낚싯줄을 끊어 버렸다. 그러고 나서 가장 가까이 있는 다른 줄도 끊어 버리고, 어둠 속에서 예비 낚싯줄의 풀어진 끝과 끝을 단단히 동여맸다. 노인은 한 손으로 이 일을 능란하게 해치웠으며, 매듭을 단단히 동여매는 동안에는 감아 놓은 낚싯줄을 한쪽 발로 꽉 누르고 있었다. 이제 예비 낚싯줄은 모두 여섯 개가 생긴 셈이다. 방금 끊어 버린 미끼를 매달았던 것에서 각각 두 개, 지금 고기가 물고 있는 낚싯줄에서 또 두 개로 그것들은 모두 서로 연결되어 있었다.

날이 밝으면 어떻게 해서든지 70미터짜리 낚싯줄이 있는 데로 가서 그것마저 끊어 버리고 예비 줄에다 연결해 둬야겠는걸, 하고 그는 생각했다. 결국 400미터 가까이 되는 카탈로니아*산(産) 좋은 낚싯줄이랑 낚시랑 목줄을 잃어버리는 셈이로구나. 그거야 또 장만하면 되지. 하지만 다른 고기를 잡으려

---

* 스페인 동북부 지방으로 질긴 밧줄이 생산되는 곳으로 유명하다.

다가 이 큰 놈이 달아나기라도 하면 누가 그걸 보상해 준담? 지금 막 미끼를 문 놈이 어떤 고기인지 나는 몰라. 청새치나 황새치, 아니면 상어였겠지. 무슨 고기가 걸렸는지 제대로 느껴보지도 못했으니까. 너무 급하게 놓아 줘야 했거든.

"그 애가 옆에 있다면 정말 좋으련만." 노인이 큰 소리로 말했다.

하지만 소년은 지금 자네 곁에 없잖아, 하고 그는 생각했다. 지금은 자네 혼자뿐이니 어둡건 말건 아무튼 마지막 줄이 있는 곳으로 가서 그것을 끊어 버리고 예비 줄 두 개를 연결해 두는 게 좋겠어.

그래서 노인은 그렇게 했다. 어둠 속이라 일하기 어려웠고, 힌빈은 고기 놈이 갑자기 움직이는 바람에 앞으로 고꾸라져 얼굴 아래가 찢어졌다. 피가 뺨을 타고 조금 흘러내렸다. 그러나 턱까지 흘러내리기도 전에 엉겨 말라 버렸으며, 그는 간신히 이물 쪽으로 돌아가 판자에 몸을 기대고 쉬었다. 부대의 위치를 바로잡은 뒤 조심스럽게 낚싯줄을 움직여 다른 쪽 어깨 위에 걸쳐지도록 했다. 그리고 어깨의 힘으로 줄을 고정시키면서 고기가 끌어당기는 힘을 주의 깊게 가늠해 보고 나서 한 손을 물에 담가 나아가는 조각배의 속도를 헤아려 보았다.

저놈이 뭣 때문에 그렇게 몸부림쳤을까, 하고 노인은 생각했다. 목줄의 철사가 놈의 언덕같이 큼직한 등을 긁은 게 틀림없어. 그래도 놈의 등은 분명 내 등만큼 아프지는 않을 거야. 하지만 제놈이 아무리 등치가 커도 이 배를 영원히 끌고 살 순 없겠지. 문제 될 만한 일은 모조리 해치웠겠다, 예비 줄도 충분히 있겠다, 이제 더 바랄 게 없어.

"고기야!" 노인은 크지만 부드러운 목소리로 말을 걸었다.
"난 죽을 때까지 너랑 같이 있을 테다."

아마 저놈도 나하고 끝까지 같이 있으려고 하겠지, 하고 노
인은 생각하고는 어서 날이 밝기를 기다렸다. 날이 밝기 전 이
시각에는 추웠고, 그래서 몸을 따뜻하게 하려고 뱃전에 몸을
밀착시켰다. 저놈이 버티는 한 나도 버틸 수 있지, 하고 그는 생
각했다. 날이 밝기 시작하자 낚싯줄이 물속으로 풀려 내려갔
다. 조각배는 한결같이 움직이고 있었고, 아침 해가 수평선 위
에 첫 모습을 드러내자 노인의 오른쪽 어깨에 햇살이 비쳤다.

"놈은 북쪽으로 향하고 있구나." 노인이 말했다. 하지만 해
류 때문에 우리는 멀리 동쪽으로 밀려나게 될 거야, 하고 그는
생각했다. 고기 놈이 해류를 타고 방향을 바꿔 주면 좋으련만.
그건 놈이 지쳤다는 증거인데 말이야.

해가 좀 더 높이 떠올랐지만 노인은 고기가 조금도 지치지
않았다는 사실을 깨달았다. 다만 한 가지 유리한 징조가 보였
다. 낚싯줄이 기운 각도로 보아 고기가 아까보다 위쪽으로 떠
올라 헤엄치고 있다는 것을 알 수 있었다. 그렇다고 고기 놈이
뛰어오르리라고 장담할 수는 없는 노릇이었다. 물론 그럴 가
능성이 전혀 없지도 않지만 말이다.

"하느님, 제발 저놈이 뛰어오르게 해 주세요. 저놈을 다룰
낚싯줄은 충분히 갖고 있습니다." 노인이 말했다.

내가 조금만 더 팽팽하게 줄을 잡아당기면 어쩌면 저놈은
아파서 뛰어오를지도 몰라, 하고 그는 생각했다. 이제 날도 밝

았으니 저 녀석을 뛰어오르게 해야겠는걸. 그래서 등뼈를 따라 붙어 있는 부레에 공기가 가득 차서 깊은 물속으로 들어가 죽는 일이 없도록 해야지.

노인은 줄을 좀 더 팽팽하게 당겨 보려고 했지만, 고기가 걸렸을 때부터 지금까지 줄은 금방이라도 끊어질 듯 팽팽하게 당겨져 있는 상태였다. 몸을 뒤로 젖히고 줄을 당기자 저항이 느껴져 이제 더 세게 잡아당겨서는 안 된다는 것을 알 수 있었다. 절대로 잡아당겨서는 안 되겠는걸, 하고 그는 생각했다. 세게 잡아당길 때마다 낚시가 걸린 상처가 넓어질 것이고, 그렇게 되면 고기가 뛰어오를 때 낚시가 벗겨져 버릴지도 몰라. 어쨌든 해가 떠오르니 한결 기분이 좋구나. 이번만은 해를 정면으로 바라보지 않아도 되고.

낚싯줄에는 누런 해초가 달려 있었지만 노인은 해초의 무게가 오히려 고기에게는 짐이 될 뿐이라는 사실을 알고 기분이 흐뭇했다. 밤이 되면 그렇게도 많이 인광을 번쩍이는 누런 모자반류의 해초였다.

"고기야, 나는 너를 끔찍이도 좋아하고 존경한단다. 하지만 오늘이 가기 전에 난 너를 죽이고 말 테다." 노인이 말했다.

그렇게 되기를 빌자, 하고 노인은 생각했다.

그때 조그마한 새 한 마리가 북쪽에서 조각배를 향해 날아왔다. 휘파람새는 수면 가까이 아주 나지막하게 날고 있었다. 노인은 새가 몹시 지쳐 있다는 것을 알 수 있었다.

새는 배의 고물에 가서 지친 날개를 쉬었다. 그러고 나서 노인의 머리 위를 맴돌다가 이번에는 좀 더 편안한 낚싯줄 위에 가서 앉았다.

"너 몇 살이냐? 이번 여행이 첫 나들이인 거야?" 노인이 새에게 물었다.

노인이 말을 걸자 새는 노인을 바라보았다. 새는 너무 기진 맥진한 상태여서 제대로 낚싯줄을 살펴볼 겨를도 없어 보였다. 가냘픈 발가락으로 낚싯줄을 꽉 움켜잡고 있는 동안 아래위로 흔들거렸다.

"줄은 튼튼해. 아주 단단하다고. 간밤에는 바람 한 점 없었는데 그렇게 지쳐서야 되겠니." 노인이 새에게 말했다. "새들은 앞으로 도대체 어떻게 되는 걸까?"

저 새들을 노리고 바다까지 날아오는 매들이 있지, 하고 노인은 생각했다. 그러나 그는 이것에 대해 새에게 아무 말도 하지 않았다. 말해 봤자 알아듣지도 못할 것이고, 머지않아 매들에 대해 알게 될 테니 말이다.

"실컷 푹 쉬어라, 작은 새야. 그러곤 뭍으로 날아가 인간이나 다른 새나 고기처럼 네 행운을 잡으려무나." 그가 말했다.

밤 동안에 등이 뻣뻣했고 지금은 심한 통증까지 있었는데, 새에게 말을 걸고 나니 노인은 힘이 솟았다.

"새야, 네가 좋다면 우리 집에 머물러도 좋아. 지금 미풍이 불고 있는데 돛을 올리고 너를 뭍까지 데려다주지 못해 미안해. 하지만 나는 지금 친구와 함께 있단다." 노인이 말했다.

바로 그때 고기가 갑자기 요동치는 바람에 노인은 이물 쪽으로 그만 고꾸라지고 말았다. 몸을 버티면서 줄을 조금 풀어주지 않았더라면 하마터면 물속으로 끌려 들어갈 뻔했다.

갑자기 낚싯줄이 당겨지는 바람에 새가 하늘로 날아가 버렸지만, 노인은 새가 날아가는 것도 보지 못했다. 오른손으로 조심스럽게 낚싯줄을 만져 보다가 손에서 피가 흐르는 것을 알아챘다.

"뭔가가 저놈의 고기를 아프게 했던 모양이로군." 노인은 큰 소리로 말하고 나서 고기의 방향을 바꿀 수 있는지 알아보려고 낚싯줄을 당겼다. 그러나 줄은 당장이라도 끊어질 것처럼 팽팽하게 당겨졌고 그는 그대로 줄을 꽉 걸머쥔 채 뒤로 버텼다.

"고기야, 너도 그걸 느끼고 있구나. 정말이지 나 역시 그렇단다." 그가 말했다.

새와 벗 삼을 수 있을 거라 생각했기 때문에 노인은 그제야 사방을 둘러보면서 새를 찾았다. 그러나 새는 온데간데없었다.

오래 쉬지도 못하고 그만 가 버렸구나, 하고 노인은 생각했다. 하지만 해안가에 도착할 때까지는 더욱 어려운 고비를 겪게 될 게야. 고기가 한 차례 휙 잡아당긴다고 손에 상처가 나다니 도대체 어떻게 된 거람? 내가 아주 멍청해진 게 틀림없어. 아니면 작은 새 한 마리에 정신이 팔려 있었던 건지도 몰라. 이제는 내 일에만 집중해야겠군. 기운을 잃지 않도록 다랑어도 먹어 둬야지.

"지금 그 애가 내 곁에 있고, 또 소금이 조금 있으면 좋으련만." 그는 큰 소리로 말했다.

노인은 낚싯줄의 무게를 왼쪽 어깨로 옮기고 조심스럽게 무릎을 꿇고 바닷물에 한 손을 씻었다. 일 분 넘게 바닷물에 손을 담근 채 피가 실처럼 꼬리를 남기며 흘러가는 모습을, 배가 움직이는 동안 손에 끊임없이 부딪쳐 오는 물살을 지켜보았다.

"저놈도 이젠 속도를 꽤 늦췄군." 그가 말했다.

노인은 좀 더 오랫동안 바닷물에 손을 담그고 싶었지만 언제 또 고기가 날뛸지 모르기 때문에 몸을 일으켜 발로 버티고는 해를 향해 손을 들어 보았다. 낚싯줄이 갑자기 풀려 나갈 때 껍질이 조금 벗겨졌을 뿐이었다. 그러나 그곳은 손 중에서도 많이 사용하는 부분이었다. 이 일이 끝날 때까지는 손이 필요하다는 것을 잘 알고 있었기 때문에 일을 미처 시작하기도 전에 손을 다쳐서는 안 될 일이었다.

"자, 그럼 저 다랑어 새끼를 먹어야겠군. 갈고리대로 끌어다가 여기서 편안하게 먹어야지." 손이 마르자 그가 말했다.

노인은 무릎을 꿇고 갈고리대로 고물 쪽에서 다랑어를 찾아 사려 놓은 낚싯줄을 피해 가며 자기 앞으로 끌어당겼다. 줄을 다시 왼쪽 어깨에 고쳐 메고 왼쪽 팔과 손으로 버티면서 고리에서 다랑어를 빼낸 뒤 갈고리대를 제자리에 놓아두었다. 그는 한쪽 무릎으로 고기를 누르고 검붉은 살을 대가리 뒤쪽에서 꼬리까지 길게 잘라 냈다. 그러자 쐐기 모양으로 토막이 몇 개 났다. 노인은 그 토막을 등뼈에서 배때기 가장자리까지 죽 잘라 냈다. 여섯 조각으로 자른 뒤 이물 쪽 판자 위에 펼쳐 놓고 칼에 묻은 피를 바지에 닦고 나서 뼈만 남은 다랑어 시체를 꽁지를 집어 뱃전 너머로 내던져 버렸다.

"하나도 통째로 다 먹을 수 있을 것 같지 않군." 그는 이렇게 말하고 토막 낸 고기 하나를 칼로 잘랐다. 바로 그때 낚싯줄이 지속적으로 세차게 당겨지는 것을 느낄 수 있었고, 왼손에 쥐가 났다. 무거운 줄을 꽉 쥐고 있는 손이 뻣뻣하게 오그라들자 그는 혐오스러운 듯 그 손을 바라보았다.

"도대체 어떻게 된 놈의 손이람. 쥐가 날 테면 나라지. 매 발톱처럼 어디 오그라들어 봐. 그래 봐야 아무 소용도 없을 테니까." 그가 말했다.

어디, 자, 하고 생각하면서 노인은 어두운 물속으로 비스듬하게 드리워져 있는 낚싯줄을 내려다보았다. 자, 다랑어를 먹어야 손에 힘이 날 거야. 하지만 그건 손의 잘못이 아니잖아. 넌 벌써 여러 시간 동안 고기 놈과 싸워 왔으니 말이야. 하지만 넌 언제까지라도 영원히 저놈과 싸울 수가 있어. 자, 지금 다랑어를 먹어 두자.

노인은 살 조각 하나를 집어서 입에 넣고 천천히 씹었다. 맛은 그다지 나쁘지 않았다.

꼭꼭 잘 씹어야지, 하고 그는 생각했다. 그래서 영양분을 모조리 섭취해야지. 라임이나 레몬, 아니면 소금과 함께 먹으면 먹을 만할 텐데.

"이 손 친구야, 이제 좀 어떠냐?" 경련이 나서 시체처럼 뻣뻣하게 굳어 버린 손에게 그가 물었다. "너를 위해 조금 더 먹어야겠구나."

그는 나머지 조각을 먹었다. 그리고 천천히 씹고 난 뒤 껍질을 뱉어 냈다.

"어디 좀 효험이 있는 것 같으니, 손 친구야? 아니면 아직은 너무 일러서 잘 모르겠니?"

노인은 다른 토막 하나를 통째로 집어서 씹어 먹었다.

다랑어란 힘이 세고 정력적인 고기야, 하고 그는 생각했다. 만새기 대신에 이 고기가 걸린 게 다행이었어. 만새기는 맛이 너무 달거든. 이놈은 전혀 달다고 할 수 없는 데다 팔팔한 기운이 아직도 넘친단 말이야.

실질적인 것이 아니고서는 아무런 의미가 없어, 하고 그는 생각했다. 소금이라도 좀 있으면 좋으련만. 햇볕 때문에 남아 있는 생선이 상하거나 말라 버릴지도 모르겠군. 그러니 배가 고프지 않더라도 모조리 먹어 두는 게 좋겠어. 물속의 고기 놈은 얌전하고 침착하게 버티고 있군. 나도 마저 먹어 치우고 준비를 갖춰야지.

"조금만 참아, 이 손 친구야. 너를 위해서 먹는 거니까." 그가 말했다.

물속의 고기 놈한테도 먹을 것을 좀 줬으면 좋겠는데, 하고 그는 생각했다. 저놈하고 난 형제 사이니까. 하지만 나는 저놈을 꼭 죽여야 하고, 그러기 위해서는 힘이 빠져선 안 돼. 천천히 그리고 열심히 그는 쐐기 모양의 생선 조각을 모두 먹어 치웠다.

다 먹고 나서 노인은 허리를 쭉 펴고 바지에 손을 문질러 닦았다.

"자, 이 손 친구야, 자넨 이제 줄을 놔도 되겠어." 그가 말했다. "자네가 그 바보 같은 짓을 그만둘 때까지 난 오른손만으로도 저놈의 고기와 싸울 수 있으니까." 노인은 왼손으로 잡고 있던 무거운 낚싯줄을 왼쪽 발로 밟고는 등으로 죄어 오는 압력을 몸을 뒤로 젖혀 버텼다.

"하느님, 제발 쥐가 풀리도록 해 주세요. 저 고기 놈이 무슨 짓을 할지 도무지 알 수 없으니 말입니다." 그가 말했다.

하지만 고기 놈은 얌전하게 제 계획에 따라 착착 움직이는 것 같군, 하고 그는 생각했다. 그런데 저놈의 계획이란 게 도대체 뭘까, 하고 그는 생각했다. 그렇다면 내 계획은 어떻게 짜야 하나? 엄청나게 큰 놈이니까 저놈 계획에 따라 임기응변으로 대처할 수밖에. 만약 저놈이 물 위로 뛰어오르기만 하면 죽일 수 있을 텐데. 그런데 저놈은 언제까지나 계속 물속에서 버텨 대고 있군. 그렇다면 나도 이대로 언제까지나 저놈과 함께 버틸 수밖에 없지.

노인은 쥐가 난 손을 바지에 대고 문지르면서 손가락을 부드럽게 풀어 보려고 애썼다. 그러나 손은 도무지 펴지지가 않았다. 해가 떠오르면 펴지겠지, 하고 그는 생각했다. 아까 날로 먹은 싱싱한 다랑어가 배 속에서 소화되면 아마 펴질 거야. 만약 이 손을 꼭 써야 할 때가 온다면, 무슨 수를 써서라도 펴야지. 하지만 지금 억지로 펼 생각은 없어. 저절로 펴져서 원래 상태로 돌아가도록 내버려 둬야지. 따지고 보면 간밤에 얽힌 밧줄을 매고 풀고 하면서 이 손을 너무 부려 먹었어.

노인은 바다 저편을 바라보며 자신이 얼마나 홀로 고독하게 있는지 새삼스럽게 깨달았다. 그러나 깊고 어두컴컴한 물속에서 프리즘이 보였고, 앞쪽으로 곧바로 뻗어 나간 낚싯줄이며 잔잔한 바다의 이상야릇한 파동이 보였다. 이제 무역풍이 불어오려는 듯 구름이 뭉게뭉게 피어오르기 시작했다. 문득 앞쪽을 바라보니 물오리 떼가 바다 위 하늘에 새겨 놓은 듯 뚜렷하게 모습을 드러냈다가 흩어지고 다시 나타나면서 바다 위를 날아가고 있었다. 그래서 그는 어느 누구도 바다에서는 결코 외롭지 않다는 사실을 깨달았다.

노인은 사람들이 조그마한 조각배를 타고 뭍이 보이지 않는 먼 곳까지 나오면 얼마나 무서워할까 하고 생각하면서, 갑자기 날씨가 바뀌는 계절이라면 그러는 것도 무리가 아니겠다고 생각했다. 그러나 지금은 허리케인이 부는 계절이고, 허리케인이 몰려오지 않는다면 이때가 일 년 중 고기잡이하기에 가장 좋은 철인 것이다.

바다에 나가 있노라면, 허리케인이 불어올 때는 며칠 전부터 하늘에 그 조짐이 나타난다. 뭍에 있는 사람들이 그것을 좀처럼 알아차리지 못하는 까닭은 허리케인의 조짐을 볼 수 없기 때문이야, 하고 노인은 생각했다. 물론 뭍에서도 구름의 모양이 평소와 다르기는 하지. 어쨌든 지금은 허리케인이 불어올 징조는 없어.

그가 하늘을 올려다보자 아이스크림 덩어리 같은 하얀 뭉게구름이 보였고, 그보다 더 높은 곳에는 9월의 하늘을 배경으로 엷은 새털구름이 떠 있었다.

"'브리사'*가 가볍게 불고 있구나. 고기야, 너보다는 내게

---

* '미풍'이나 '산들바람'을 뜻하는 스페인어. 무역풍 계절 동안 남아메리카 해안에 부는 북동풍 바람이나 푸에르토리코에 부는 동풍.

더 유리한 날씨로구나." 그가 말했다.

왼손은 여전히 쥐가 난 상태였지만 그는 천천히 쥐를 풀려고 하고 있었다.

쥐가 나는 건 딱 질색이야, 하고 노인은 생각했다. 그건 자신의 몸한테 배신을 당하는 꼴이거든. 사람들 앞에서 프토마인* 중독을 일으켜 설사를 한다든지, 그 때문에 구토를 한다든지 하는 것도 창피한 일이지. 하지만 쥐가 난다는 건 특히 혼자 있을 때 그야말로 창피한 노릇이야. 그는 쥐라는 말을 '칼람브레'**로 생각하고 있었다.

만약 그 애가 옆에 있다면 손을 주물러서 팔뚝 아래부터 쥐를 풀어 줄 수도 있을 텐데, 하고 그는 생각했다. 하지만 곧 풀리겠지.

바로 그때 노인은 오른손에 잡은 줄이 끌려가던 힘이 달라진 것을 느꼈고, 곧이어 물속으로 뻗은 낚싯줄의 경사가 달라지는 것을 보았다. 노인은 낚싯줄의 힘을 몸으로 버티면서 왼손을 허벅지에 세게 내리쳤고 그러자 줄이 비스듬하게 천천히 수면으로 떠오르는 것이 보였다.

"저놈이 이제 올라오고 있구나. 자, 손 친구야. 자, 제발 어서 정신을 차려." 그가 말했다.

낚싯줄은 서서히 올라오더니 배 앞쪽 수면이 부풀어 오르면서 마침내 고기가 모습을 드러냈다. 쉬지 않고 계속 올라오

---

* 시체독(屍體毒). 단백질의 부패로 생기는 유독물.
** '경련'을 뜻하는 스페인어.

자 고기 주위에서 물이 쏟아져 내렸다. 햇볕을 받은 고기는 번쩍번쩍 빛이 났고, 짙은 자줏빛의 머리와 등, 옆구리의 연보랏빛 넓은 줄무늬가 햇살에 드러났다. 주둥이는 야구 방망이만큼 길쭉하고 결투용 쌍날칼처럼 끝으로 갈수록 뾰족해졌다. 고기는 다이빙 선수처럼 온몸을 물 위에 드러냈다가 유연하게 다시 물속으로 가라앉아 버렸다. 노인은 커다란 낫처럼 생긴 꼬리가 물속으로 사라지는 것을 보았고, 낚싯줄이 빠른 속도로 다시 풀려 나가기 시작했다.

"이 배보다 60센티미터도 넘게 길겠는걸." 노인이 말했다. 낚싯줄이 아주 빠른 속도이기는 하지만 일정하게 풀려 나가는 것으로 보아 고기는 조금도 당황하고 있는 것 같지 않았다. 노인은 두 손으로 줄이 끊어지지 않을 정도로 힘껏 잡아당기려고 애쓰고 있었다. 만약 계속 잡아당기면서 고기의 속도를 늦추지 못하면 고기는 줄을 있는 대로 끌고 가서 결국에는 끊어 버리게 되는지도 모른다는 것을 노인은 잘 알고 있었다.

꽤 큰 놈이니 본때를 보여 줘야겠는걸, 하고 노인은 생각했다. 저놈이 힘이 세다는 것도, 저놈이 도망치기만 하면 무슨 짓이든 할 수 있다는 것도 알게 해서는 안 돼. 만약 내가 저놈이라면 있는 힘을 다해 뭔가 끊어질 때까지 계속 내달릴 텐데. 하지만 다행스럽게도 저놈들은 저희들을 죽이는 우리 인간들보다는 똑똑하지가 않단 말이야. 비록 저놈들이 우리 인간들보다 더 기품이 있고 힘이 세지만 말이지.

이제까지 노인은 큰 고기들을 많이 보아 왔다. 450킬로그램이 넘는 큰 고기도 여러 번 보았고, 물론 혼자 잡은 것은 아니었지만 지금까지 그만한 크기의 고기를 잡은 적도 두 번이나 있었다. 그런데 지금은 혼자인 데다 뭍도 보이지 않는 곳에서 이제까지 본 중에서 가장 크고, 지금껏 들어 본 것보다 더 큰 고기와 꼼짝없이 맞붙어 있었다. 더구나 왼손은 여전히 매발톱처럼 굳게 오그라든 채 있었던 것이다.

하지만 쥐는 곧 풀릴 테지, 하고 그는 생각했다. 틀림없이 풀려서 오른손을 도와줄 거야. 나와 형제 사이인 게 세 가지가 있지. 고기하고 내 두 손. 그러니 쥐는 꼭 풀릴 거야. 쥐가 나다니 손으로서 부끄럽기 짝이 없는 일이지. 고기는 다시 속력을 늦추어 평상 속도로 나아가고 있었다.

조금 전에 고기가 왜 뛰어올랐을까, 하고 노인은 생각했다. 마치 자기가 얼마나 큰지 자랑이라도 하려고 솟아오른 것 같아. 어쨌든 그 덕분에 얼마나 큰 놈인지 알게 되었지, 하고 그는 생각했다. 그렇다면 나도 내가 어떤 인간인지를 그놈한테 보여 주고 싶군. 하지만 그렇게 하면 저놈은 쥐가 난 손도 보게 되겠지. 녀석에게 내가 실제보다 힘이 센 인간이라는 생각이 들게 해야지. 어쨌든 그렇게 될 테니까. 저 고기 놈이 되어 보고 싶구나, 하고 그는 생각했다. 오직 내 의지, 내 지혜에 맞서 모든 걸 갖고 싸우고 있는 저놈 말이야.

노인은 뱃전에 몸을 기댄 편안한 자세로 엄습해 오는 고통을 견뎌 냈다. 고기는 조금도 흐트러지지 않고 한결같은 모습으로 헤엄쳐 나갔고, 배는 검은 물살을 헤치며 천천히 움직였다. 동쪽에서 바람이 불어오기 시작하자 파도가 조금 일었고, 정오가 되어서야 비로소 노인의 왼손에 난 경련이 풀렸다.

"이보게, 고기 양반, 자네에겐 반갑지 않은 소식이네." 그는 이렇게 말하면서 어깨에 두르고 있던 부대 위로 낚싯줄을 옮겼다.

노인의 자세는 편안했지만 고통스러웠다. 다만 그 고통을 인정하려 들지 않을 뿐이었다.

"저에게는 신앙심이 없습니다. 하지만 이 고기를 잡게 해 주신다면 주기도문과 성모송을 열 번씩이라도 외겠습니다. 만약 고기를 잡을 수만 있다면 코브레의 성모 마리아님*을 참배하기로 약속드리죠. 정말로 약속합니다." 그가 다시 입을 열었다.

노인은 기계적으로 기도문을 외우기 시작했다. 너무 피곤해서 가끔 기도문이 떠오르지 않을 때도 있었다. 그럴 때면 자동적으로 다음 문구가 나오도록 빨리 외워 대곤 했다. 주기도문 보다는 성모송이 외우기 쉽구나, 하고 그는 생각했다.

"은총이 가득하신 마리아님, 기뻐하소서! 주님께서 함께 계시니 여인 중에 복되시며 태중의 아들 예수님 또한 복되시나이다. 천주의 성모 마리아님, 이제와 저희 죽을 때 저희 죄인을 위하여 빌어 주소서. 아멘." 그러고 나서 그는 이렇게 덧붙였다. "거룩하신 성모 마리아여, 이 고기의 죽음을 위해서도 기도해 주소서. 참으로 훌륭한 놈이옵니다."

기도를 마치고 나니 기분이 훨씬 좋아진 듯했지만 고통은

---

* 전설에 따르면 1606년에 세 어부가 쿠바 북동쪽 니페 만(灣)에서 물 위에 떠 있는 목조 마리아상을 발견해 동(銅) 광산 마을인 엘 코브레에 가지고 와 지성소를 지었다. 현재의 지성소는 1927년에 지은 것이다.

여전했고, 어쩌면 전보다 더 심한 것 같았다. 그는 이물의 판자에 등을 기댄 채 기계적으로 왼손가락들을 놀리기 시작했다.

미풍이 부드럽게 일고 있었지만 햇볕은 따가웠다.

"고물 쪽에 드리워 놓은 짧은 낚싯줄에 미끼를 다시 갈아 끼워 두는 게 좋겠어." 그가 말했다. "고기 놈이 하룻밤 더 버티기로 마음먹는다면 나도 다시 배를 채워야 할 테니. 병의 물도 이젠 얼마 남지 않았어. 이곳에서는 만새기밖에는 잡히지 않을 것 같군. 하지만 만새기라도 아주 싱싱할 때 먹으면 그다지 나쁘지 않지. 오늘 밤에는 날치가 배 위로 날아와 주면 좋으련만. 하지만 날치를 끌어들일 불빛이 없어. 날치란 놈은 날로 먹으면 맛이 그만인 데다 칼질을 해 토막 낼 필요도 없고. 이제 내가 갖고 있는 힘을 모두 비축해 둬야겠어. 제기랄, 고기 놈이 저렇게 큰 줄은 미처 몰랐는걸."

"하지만 난 저놈을 꼭 죽이고 말 테야. 아무리 크고 아무리 멋진 놈이라도 말이지." 그가 다시 말했다.

하긴 그건 옳지 않은 일이긴 해, 하고 노인은 생각했다. 하지만 난 녀석에게 인간이 어떤 일을 할 수 있는지, 또 얼마나 참고 견뎌 낼 수 있는지 보여 줘야겠어.

"나는 그 아이한테 내가 별난 늙은이라고 말했지. 지금이야말로 그 말을 입증해 보일 때야." 그가 말했다.

지금까지 그는 그런 입증을 수천 번이나 해 보였지만 결국 아무런 의미도 없었다. 지금 또다시 그것을 입증해 보이려고 하고 있었다. 매 순간이 새로운 순간이었고, 그것을 입증할 때 그는 과거에 대해서는 조금도 생각하지 않았다.

저놈이 제발 잠을 자 주면 좋으련만, 하고 그는 생각했다. 그래야 나도 잠을 잘 수 있고, 또 사자 꿈도 꿀 수 있을 텐데. 도대체 왜 사자들만 머릿속에 남아 있는 것일까? 이 늙은이야, 생각일랑 그만하시지, 하고 노인은 자신을 타일렀다. 뱃전에 편하게 기대어 아무 생각도 하지 말게나. 저 고기 놈은 지금도 움직이고 있지 않은가. 그러니까 자넨 될 수 있는 대로 움직이지 않는 게 좋아.

벌써 오후로 접어들고 있었고, 여전히 배는 천천히 그리고 조금도 흐트러지지 않고 움직이고 있었다. 그러나 이번에는 동쪽에서 미풍이 불어와 약간의 저항이 느껴졌으며, 노인은 잔잔한 물결을 헤치며 미끄러지듯 조용히 나아갔다. 등을 가로지른 밧줄이 주는 아픔도 이제 한결 가볍고 부드러워졌다.

오후로 접어들자 다시 한 번 낚싯줄이 올라오기 시작했다. 그러나 고기는 전보다 조금 더 올라온 상태에서 계속 헤엄치고 있을 뿐이었다. 햇볕이 노인의 왼팔과 어깨와 등에 내리쬐였다. 그래서 고기가 북동쪽으로 진로를 바꿨다는 것을 알 수 있었다.

노인은 고기의 모습을 한 번 봤기 때문에 자줏빛 가슴지느러미를 날개처럼 활짝 펴고 커다랗고 꼿꼿한 꼬리를 꼿꼿이 세운 채 어두운 물속을 자르듯 헤엄쳐 나가고 있는 모습을 눈앞에 그려 볼 수 있었다. 저렇게 깊은 물속에서 저놈은 눈이 얼마나 잘 보일까, 하고 노인은 생각했다. 그러고 보니 고기의 눈은 무척 크고, 말[馬]은 그보다 훨씬 눈이 작지만 어두운 곳에서도 잘 볼 수 있거든. 나도 옛날에는 어두운 곳에서도 꽤 잘 볼 수 있었지. 물론 아주 캄캄한 곳에서는 볼 수 없었지만. 어쨌든 고양이만큼 눈이 밝았었어.

햇볕이 따뜻한 데다 손가락을 쉬지 않고 움직인 탓에 그의 왼손은 이제 쥐가 완전히 풀렸다. 그래서 왼손으로 좀 더 힘을 옮기기 시작했으며, 등의 근육을 움직이면서 낚싯줄이 닿아서 난 상처의 아픔을 조금이나마 덜어 보려고 했다.

"고기야, 네가 아직도 지치지 않았다면, 너는 틀림없이 별난 놈이로구나." 그가 큰 소리로 말했다.

노인은 이제 지칠 대로 지쳤으며, 이제 곧 밤이 다가오리라는 것을 잘 알고 있었다. 그래서 다른 일을 생각해 보려고 애썼다. 노인은 메이저리그를 생각했다. 노인에게는 '그란 리가스'라는 스페인 말이 훨씬 더 친근하게 느껴졌다. 뉴욕의 양키스 팀이 디트로이트의 타이거스 팀과 시합을 벌이고 있다는 것을 그는 알고 있었다.

'후에고'*의 결과를 모르게 된 지도 오늘로 꼭 이틀이 지났구나, 하고 그는 생각했다. 하지만 자신을 가져야 해. 발뒤꿈치에 뼈돌기**가 박혀 있으면서도 그것을 참고 최후까지 멋지게 승부를 겨루는 저 훌륭한 디마지오 못지않은 사람이 되어야지. 뼈돌기란 과연 어떤 것일까, 하고 그는 스스로에게 물어보았다. 스페인 말로는 '운 에스푸엘라 데 후에소'라고 하지. 우리한테는 그런 말이 있지 않아. 하지만 그것은 싸움닭의 쇠

---

* '시합'이나 '경기'를 뜻하는 스페인어.
** 발꿈치에 잘 생기는 돌기.

발톱*이 발뒤꿈치에 박혀 있는 것만큼 아플까? 아마 나라면 그걸 참아 내지 못할 거야. 싸움닭처럼 한쪽 눈이나 심지어 양쪽 눈이 다 빠지면서까지 계속 싸우지는 못할 거야. 이런 대단한 새나 짐승과 비교해 보면 인간이란 그리 대단한 게 못 돼. 난 차라리 저 캄캄한 바다 속에 사는 저런 놈이 되고 싶구나.

"상어만 오지 않는다면 말이지만. 만약 상어가 나타난다면 저놈이나 나나 가엾은 꼴이 되고 말 거야." 그가 큰 소리로 말했다.

저 위대한 디마지오 선수는 지금의 나만큼 이렇게 오랫동안 고기하고 맞서 버텨 낼 수 있을까, 하고 그는 생각했다. 나보다 젊고 기운이 세니까 틀림없이 그 이상을 해낼 수 있을 거야. 그 친구의 아버지도 어부였다지. 하지만 발뒤꿈치에 뼈돌기가 있으면 그도 몹시 아프겠지?

"내가 알 턱이 있나. 난 발뒤꿈치에 뼈돌기가 나 본 적이 없으니까." 그가 큰 소리로 말했다.

해가 떨어질 무렵 노인은 좀 더 용기를 얻으려고 카사블랑카**의 술집에서 시엔푸에고스*** 출신의 몸집이 큰 검둥이와 팔씨름을 하던 때를 기억했다. 그자는 부두에서도 가장 힘이 세다는 검둥이였다. 테이블에 백묵으로 그어 놓은 선 위에 팔꿈치를 곧게 올린 채 손을 꽉 마주 움켜잡고 하루 낮하고도 하룻밤을 꼬박 지새웠다. 우리는 서로 상대방의 손을 테이블 위

---

* 투계에서 며느리발톱에 끼우는 쇠붙이.
** 쿠바의 아바나 시 동쪽에 있는 도시. 아바나 만 근처에 있다.
*** 쿠바 섬 남쪽에 있는 도시로 카리비아 해에 인접해 있다.

에 꺾어 넘어뜨리려고 안간힘을 썼다. 사람들이 꽤 많은 돈을 걸었고, 등유 램프 불빛 아래에서 구경꾼들이 들락날락했다. 그는 검둥이의 팔과 손 그리고 얼굴에서 눈을 떼지 않았다. 처음 여덟 시간이 지나자 심판이 잠을 자기 위해 네 시간마다 교대를 했다. 그의 손에서도, 검둥이의 손톱 밑에서도 피가 배어나왔고, 두 사람은 상대방의 눈빛을 살피면서 손과 팔뚝에서 눈을 떼지 않았다. 돈을 건 사람들은 방 안을 들락날락하기도 하고, 벽 옆의 높다란 의자에 걸터앉아서 승부를 지켜보기도 했다. 판자로 된 벽은 밝은 파란색 페인트칠이 되어 있었는데, 램프 불빛이 벽에 그들의 그림자를 비추고 있었다. 검둥이의 그림자는 큼직했고, 미풍에 램프 불꽃이 흔들거릴 때마다 벽에서 움직였다.

하룻밤이 지났는데도 엎치락뒤치락하며 승부가 나지 않자 사람들은 검둥이에게 럼주를 가져다주고 담뱃불을 붙여 주었다. 검둥이는 럼주를 한 잔 들이켜고 난 뒤에 맹렬한 힘으로 덤벼들어 한번은 노인을, 아니, 그때는 노인이 아니라 '엘 캄페온'*이던 산티아고의 팔을 8센티미터 가까이 기울어지게 했다. 그러나 노인은 또다시 손을 원래 위치로 똑바로 돌려놓았다. 그때 그는 훌륭한 친구인 데다 크고 대단한 운동선수였던 검둥이를 이겨 낼 수 있다고 확신할 수 있었다. 새벽녘이 되어 돈을 건 사람들이 무승부로 하면 어떻겠느냐고 제안하고 심판이 고개를 가로저을 때, 그는 있는 힘을 다해 마침내 검둥이

---

* '선수권자', '으뜸 선수'를 뜻하는 스페인어.

의 손을 밀어 테이블에 눕히고 말았다. 일요일 아침에 시작된 시합이 월요일 아침에서야 끝장이 났다. 돈을 건 사람들이 무승부를 제안했던 것은 대부분 선창에 나가서 설탕 부대의 하역 작업을 하거나 아바나 석탄 회사에 일하러 나가야 했기 때문이었다. 그렇지 않았다면 누구나 시합을 끝까지 마치기를 원했을 것이다. 어쨌든 그는 모든 사람이 일하러 갈 시간이 되기 전에 끝장을 내 주었던 것이다.

그 뒤 오랫동안 모든 사람이 그를 '챔피언'이라고 불렀고, 봄에는 복수전이 있었다. 그러나 이번에는 많은 돈을 거는 사람이 없었으며, 첫 번째 시합에서 시엔푸에고스 출신의 검둥이의 기를 꺾어 버렸기 때문에 이번에는 아주 쉽게 이길 수 있었다. 그 뒤에도 두세 번 더 승부를 겨루었지만 더 이상은 하지 않았다. 그는 마음만 먹으면 어떤 사람이라도 이길 자신이 있다고 생각했다. 또한 고기잡이를 해야 하는 오른손에는 팔씨름이 해롭다고 판단했다. 그래서 왼손으로 시험 삼아 두세 번 승부를 겨루어 본 일이 있었다. 그러나 왼손은 언제나 그를 배반했고, 마음먹은 대로 잘 들어주지 않아 그 뒤부터 그는 왼손을 믿지 않았다.

해가 손을 따뜻하게 녹여 주겠지, 하고 노인은 생각했다. 밤이 되어 날씨가 너무 추워지지만 않는다면 두 번 다시 쥐가 나지는 않을 거야. 한데 오늘 밤에는 도대체 무슨 일이 일어날까.

마이애미*행 비행기 한 대가 그의 머리 위로 지나갔고, 그

---

* 미국 플로리다 주 동남부 해안 도시로 쿠바에 가깝다.

는 날치 떼가 비행기 그림자에 놀라 수면으로 뛰어오르는 것을 지켜보았다.

"저렇게 날치 떼가 많은 걸 보니 만새기가 있겠는걸." 그는 이렇게 말하고는 고기가 물고 있는 낚싯줄을 잡아당길 수 있는지 보려고 등에 걸친 줄을 잡고 버텨 보았다. 그러나 줄은 당겨 올라오기는커녕 오히려 금방이라도 끊어져 버릴 듯 팽팽해지면서 물방울이 튀길 뿐이었다. 배는 천천히 앞으로 나아가고 있었고, 그는 비행기가 더 이상 보이지 않을 때까지 눈으로 그 뒤를 좇았다.

비행기에 타고 있으면 기분이 참 이상야릇할 거야, 하고 그는 생각했다. 저렇게 높은 곳에서 내려다보면 바다가 어떻게 보일까? 너무 높이 날지만 않는다면 고기가 잘 보일지도 몰라. 한 200패덤쯤 되는 높이에서 아주 천천히 날아가면서 고기를 내려다보고 싶구나. 언젠가 바다거북잡이 배에 탔을 때 돛대 꼭대기의 가름대에 올라가 본 적이 있었는데, 그 정도의 높이에서도 보이는 것이 많았다. 그곳에서 내려다보니 만새기는 더욱 짙은 초록색으로 보였고, 줄무늬와 자줏빛 반점까지 보였으며, 고기가 떼를 지어 헤엄쳐 가는 것도 보였다. 그런데 어두운 해류에서 재빠르게 돌아다니는 고기들은 왜 하니같이 자줏빛 등에다 흔히 자줏빛 줄무늬나 반점이 있을까? 물론 만새기는 실제로 황금빛이기 때문에 초록빛으로 보이는 걸 거야. 하지만 정말 배가 고파서 먹이를 쫓을 때는 청새치처럼 양쪽 옆구리에 자줏빛 줄무늬가 생기거든. 그런 무늬가 생기는 건 화가 났기 때문일까, 아니면 너무 빨리 헤엄치기 때문일까?

날이 저물기 직전에 배는 커다란 섬처럼 떠 있는 모자반류 해초 옆을 지나가고 있었다. 해초가 잔잔한 파도에 너울거리며 흔들거리는 모습은 마치 바다가 누런 담요 아래에서 뭔가와 사랑의 행위를 하고 있는 것 같았다. 바로 그때 짧은 낚싯줄에 만새기 한 마리가 물렸다. 갑자기 공중에 뛰어올라 석양빛을 받아 진짜 황금색을 드러내며 몸을 구부리고 뒤틀며 사납게 마구 날뛸 때 그는 비로소 그 모습을 처음 보았다. 만새기는 놀라서 계속해서 몇 번이고 곡예를 부리며 뛰어올랐다. 노인은 고물 쪽으로 돌아가 웅크리고 앉아 큰 낚싯줄을 오른손과 팔로 잡고는 왼손으로 만새기가 걸린 다른 쪽 줄을 잡아당기며 줄을 맨발로 눌러 밟았다. 만새기가 필사적으로 이리저리 뒤척이면서 고물 가까이 다가왔을 때, 노인은 고물 너머로 몸을 내밀어 자줏빛 반점에 황금빛으로 번쩍거리는 고기를 배 안으로 끌어들였다. 고기는 이빨로 낚시를 끊으려는 듯이 주둥이를 빠르게 발작적으로 움직였다. 길쭉하고 납작한 몸뚱이와 대가리와 꼬리로 배 바닥을 마구 두들겨 댔고, 노인이 황금빛으로 빛나는 대가리를 몽둥이로 여러 차례 내리치자 비로소 바르르 몸을 떨더니 잠잠해졌다.

노인은 고기 주둥이에서 낚시를 빼고 또 다른 정어리를 다시 미끼로 달아서 바닷물 속에 던졌다. 그러고 나서 천천히 이물 쪽으로 돌아갔다. 왼손을 물에 씻고 바지에 닦았다. 그러고는 오른손의 큰 줄을 왼손으로 옮겨 쥐고 이번에는 오른손을 바닷물에 씻으면서 해가 바닷속으로 가라앉는 것과 큰 낚싯줄이 비스듬히 경사져 있는 모습을 지켜보았다.

"저놈은 조금도 달라지지 않았군." 그가 말했다. 그러나 손에 닿는 물살을 살펴보니 고기의 속도가 눈에 띌 정도로 떨어진 것을 알 수 있었다.

"고물에 노를 두 개 다 매달아 둬야겠는걸. 그러면 밤사이에 저놈의 속력이 느려질 거야." 그가 말했다. "저놈은 오늘 밤에도 끄떡없을 테고, 그건 나도 마찬가지지."

만새기의 살 속에 피를 간직하려면 조금 뒤에 배를 갈라 내장을 빼내는 게 좋을 거야, 하고 그는 생각했다. 조금 있다가 그 일을 하고, 동시에 노를 비끄러매어 방해물을 만들도록 하자. 지금은 해 질 무렵이니 저놈을 조용히 내버려 둔 채 건드리지 않는 게 좋아. 고기란 놈은 하나같이 해 질 무렵이면 다루기 힘들어지는 법이거든.

노인은 바람을 쐬어 손을 말리고 나서 낚싯줄을 잡고 되도록 편안한 자세로 뱃전에 몸을 기댄 채 고기가 끄는 대로 몸을 내맡겼다. 그렇게 하면 그가 힘쓰는 것만큼, 아니, 그 이상을 배가 떠맡아 주었다.

이제 조금씩 요령이 생기기 시작하는군, 하고 노인은 생각했다. 어쨌든 이 부분에서는 말이야. 그런 데다가 저놈은 미끼를 문 뒤로는 아직 아무것도 먹지 않았단 말이야. 덩치가 커서 여간 많이 먹어 대지 않을 텐데. 나는 다랑어 한 마리를 통째로 먹어 치우지 않았던가. 내일은 만새기를 먹을 거고 말이야. 그는 그것을 '도라도'*라고 불렀다. 어쩌면 이놈의 내장을 뺄

---

* '금색의', '황금색의'라는 뜻의 스페인어로 '만새기'를 가리킨다.

때 조금 먹어 둬야겠어. 다랑어보다는 먹기가 거북할 테지.
그렇게 따지면 이 세상에 쉬운 일이 어디 있을까.

"여보게, 고기 양반, 그래 지금 기분이 어떠신가?" 그는 큰
소리로 물었다. "나는 기분이 좋다네. 왼손도 많이 좋아졌어.
오늘 밤과 내일 낮 동안의 식량도 갖추고 있지. 자, 친구, 어디
배나 끌어 보시지."

실제로 노인은 정말로 기분이 좋은 상태가 아니었다. 낚싯
줄을 멘 등이 통증의 수준을 넘어 거의 무감각 상태가 아닌가
의구심이 들 정도였기 때문이다. 하지만 나는 이보다 더 심한
일도 겪었는걸, 하고 그는 생각했다. 내 오른손은 조금 긁힌
정도에 지나지 않고, 이제 왼손의 쥐도 풀렸어. 두 다리도 끄
떡없고. 더구나 식량 문제라면 저놈보다는 내가 훨씬 유리한
입장이고 말이야.

9월이면 늘 그렇듯이 해가 떨어지자마자 바다는 금세 어두
워져 캄캄했다. 노인은 이물의 낡은 판자에 몸을 기댄 채 될
수 있는 한 실컷 휴식을 취했다. 첫 별들이 나타났다. 그는 '리
겔'*성이라는 이름은 알지 못했지만 그 별을 보고 곧 뭇 별들
이 떠오르리란 것을 알고 있었다. 그렇게 되면 먼 곳의 친구들
을 모두 만나게 되리라.

"하기야 저 고기도 내 친구이긴 하지." 그가 큰 소리로 말했
다. "저런 고기는 여태껏 본 적도, 들은 적도 없어. 하지만 나

---

* 오리온자리에서 둘째로 밝은 별. '리겔'은 '발'을 뜻하는 아랍어로 오리온
자리의 왼쪽 발 위치에 있기 때문에 그렇게 부른다.

는 저놈을 죽여야만 해. 하지만 별들은 죽이지 않아도 되니 다행이지 뭐야."

날마다 사람이 달을 죽이려 해야 한다고 상상해 봐, 하고 노인은 생각했다. 아마 달은 달아나 버리고 말 거야. 하지만 인간이 날마다 해를 죽이려 해야 한다고 상상해 봐. 우리는 운좋게 태어난 거야, 그는 생각했다.

그렇게 생각하니 노인은 아무것도 먹지 못한 큰 고기가 왠지 불쌍하다는 생각이 들었다. 그러나 비록 연민의 정을 느낄지라도 고기를 죽이겠다는 결심은 조금도 줄어들지 않았다. 저놈을 잡으면 얼마나 많은 사람의 배를 채울 수 있겠는가, 하고 그는 생각했다. 하지만 그들에게 저 고기를 먹을 만한 자격이 있을까? 아냐, 그럴 자격이 없어. 저렇게도 당당한 거동, 저런 위엄을 보면 저놈을 먹을 자격이 있는 인간이란 단 한 사람도 없어.

난 이런 일들에 대해선 잘 몰라, 하고 노인은 생각했다. 하지만 해나 달이나 별을 죽이려고 할 필요가 없다는 건 정말로 다행스러운 일이야. 바닷가에서 살아가면서 우리의 진정한 형제들을 죽이는 것만으로 충분해.

자, 이제는 항력(抗力)에 대해 생각해야 돼, 하고 그는 생각했다. 물론 거기엔 위험도 따르지만 좋은 점도 있지. 만약 저놈이 안간힘을 쓰고 노를 묶어 만든 항력이 제대로 작동해 배가 가벼움을 잃는다면, 나는 줄을 너무 풀어 줘야 해서 저놈을 놓치게 될지도 몰라. 또 배가 가벼워지면 저놈이나 나나 고통을 연장하는 꼴이 되고 말 거야. 하지만 저놈이 전에 없이 굉장한 속력을 내고 있는 이상, 나로서는 오히려 안전한 셈이지. 어떤 일이 생기든지 간에 만새기가 상하지 않도록 내장을 빼내고 조금 먹고 기운을 돋워야겠는걸.

한 시간쯤 더 휴식을 취하고 저놈이 그때까지도 지치지 않았으면 고물 쪽으로 돌아가 그 일을 하면서 결심하도록 하자. 그러는 동안 고기 놈이 어떻게 나올지, 어떻게 변할지 알 수 있을 게야. 노를 배에다 잡아매어 둔 것은 좋은 계략이었어. 하지만 이제는 무엇보다 안전을 먼저 생각할 때야. 어쨌든 저놈은 여전히 팔팔한 데다 주둥이 한쪽 구석에 낚싯바늘이 꽂혀 있는데도 입을 꽉 다물고 있는 걸 내 눈으로 봤으니까. 낚싯바늘에 걸리는 건 고통치고는 아무것도 아니지. 중요한 건 배가 고프다는 것, 또 저놈이 자신도 알 수 없는 그 뭣과 싸우고 있다는 사실이지. 여보게, 늙은이, 지금은 좀 푹 쉬어 두게나. 그리고 다음 일거리가 생길 때까지는 저놈을 그냥 내버려 두게나.

노인은 족히 두 시간은 휴식을 취했다. 늦도록 달이 떠오르지 않아서 시간을 알아낼 방법이 없었다. 더구나 다른 때와 비교하여 푹 쉬었다는 것이지 완전히 휴식을 취한 것도 아니었다. 노인은 고기가 끌고 가는 힘을 여전히 어깨로 지탱하고 있었지만 왼손으로 이물의 뱃전을 잡고 고기의 무게를 조금씩 배 자체에 맡기려고 애썼다.

만약 낚싯줄을 고정시킬 수만 있다면 참으로 일이 간단할 텐데, 하고 그는 생각했다. 하지만 그랬다간 저놈이 갑자기 조금이라도 몸부림칠 경우 줄이 끊어질 수도 있지. 줄을 잡아당기는 힘을 내 몸으로 지탱하면서 언제든지 두 손으로 줄을 풀어 줄 수 있도록 준비하고 있어야 해.

"하지만 이 늙은이야, 자네는 아직껏 한숨도 눈을 붙이지 않았잖은가." 그가 큰 소리로 말했다. "반나절과 하룻밤, 또 하루가 지났는데도 잠 한숨 못 잤잖아. 고기 놈이 얌전하게 있는 동안 어떻게 해서든지 조금이라도 눈을 붙일 궁리를 해야겠는걸. 잠을 자지 않으면 머리가 흐리멍덩해질지도 몰라."*

머릿속은 충분히 맑아, 하고 노인은 생각했다. 너무나 맑아서 탈이지. 나와 형제 사이인 별처럼 맑아. 하지만 잠은 역시 자야 해. 별도 잠을 자고 달과 해도 잠을 자지 않는가. 심지어는 해류가 없는 아주 조용한 날이면 드넓은 바다도 가끔 잠들 때가 있지.

그러니까 잠을 자는 걸 잊어선 안 돼, 하고 그는 생각했다. 억지로라도 잠을 자고, 낚싯줄에 대해서는 단순하고도 확실한 방법을 강구해 두기로 하자. 자, 이제 고물 쪽으로 돌아가서 만새기나 처리하자. 만약 잠을 잔다 해도 노를 고물에다 붙들어 매어 장애물로 사용하는 건 너무 위험한 짓이야.

난 잠을 자지 않고서도 견딜 수 있어, 하고 그는 혼잣말을 했다. 하지만 그건 너무 위험천만한 짓이야.

노인은 고기에게 갑작스러운 충격을 주지 않으려고 손과 무릎으로 조심스럽게 살금살금 기어서 고물 쪽으로 되돌아갔

---

* 이 장면에서 작가는 '잠'이나 '잠을 자다'라는 말을 의도적으로 되풀이해 사용하고 있다. 헤밍웨이는 특수한 효과를 자아내기 위해 동일한 어휘나 어구를 반복하는 것에 대해 거트루드 스타인과 이야기를 나누곤 했다.

다. 어쩌면 저 고기 놈도 선잠을 자고 있는지도 모르지, 하고
그는 생각했다. 하지만 저놈이 잠을 자게 해서는 안 돼. 죽을
때까지 배를 끌게 해야 해.

고물 쪽으로 되돌아간 노인은 몸을 돌려 왼손으로 어깨를
옥죄고 있는 낚싯줄을 잡고는 오른손으로 칼집에서 칼을 뽑
았다. 벌써 하늘에는 별이 총총 떠 있어 만새기가 똑똑히 보였
다. 그는 만새기의 대가리에 칼을 찔러 고물 밑에서 끌어냈다.
한쪽 발로 고기를 누르고 항문에서 아래턱 끄트머리까지 단
칼에 죽 갈랐다. 그러고 나서 칼을 내려놓고 오른손으로 내장
을 뽑아내고 속을 깨끗이 긁어내고 아가미까지 떼어 냈다. 그
놈의 밥통을 손에 드니 묵직하고 미끈거렸다. 배를 갈라 보니
날치 두 마리가 들어 있었다. 아직 싱싱하고 살이 단단한 날치
를 옆에 나란히 치워 놓고 만새기의 내장과 아가미를 고물 너
머로 던져 버렸다. 이것들은 인광을 발하면서 길게 꼬리를 늘
어뜨리고 바닷물 깊숙이 가라앉았다. 이제 차가워진 만새기
는 별빛 아래서 문둥병 환자처럼 희끄무레하게 보였다. 노인
은 오른발로 고기의 대가리를 누르고 한쪽 옆구리의 껍질을
벗겼다. 그러고 나서 고기를 뒤집어 반대쪽 껍질을 벗기고는
대가리에서 꽁지까지 칼로 양쪽을 잘라 냈다.

노인은 만새기 잔해를 뱃전 너머로 슬쩍 미끄러뜨려 떨어
뜨리고 물속에서 소용돌이가 일어나는지 지켜보았다. 그러나
빛을 내면서 천천히 가라앉을 뿐이었다. 그는 몸을 돌려 두 쪽
의 고기 조각 사이에 날치 두 마리를 끼워 두고 칼집에 칼을
집어넣은 뒤 천천히 뱃머리 쪽으로 되돌아갔다. 어깨를 가로

지른 낚싯줄의 무게 때문에 그의 등은 꾸부정하게 굽어 있었고, 오른손에는 고기가 들려 있었다.

이물로 돌아온 노인은 만새기의 고기 조각 두 개를 나무판자 위에 가지런히 놓고 그 옆에 날치를 놓았다. 그러고 나서 어깨에 메고 있는 낚싯줄의 위치를 바꾸고, 뱃전에 얹어 놓고 있던 왼손으로 그 줄을 다시 꽉 움켜잡았다. 그런 뒤 그는 뱃전 너머로 몸을 기울이고 날치를 씻으면서 손에 느껴지는 물의 속도를 주의 깊게 헤아려 보았다. 만새기의 껍질을 벗긴 손은 인광을 내뿜고 있었고, 그는 손에 와 닿는 물의 흐름을 지켜보았다. 물살은 아까보다 약해졌고, 뱃전 바깥에 손 옆쪽을 문지르자 인광이 떨어져 고물 쪽으로 천천히 흘러갔다.

"저놈도 아마 지쳤거나, 아니면 쉬고 있을 거야. 자, 그럼 나도 이 만새기나 먹고 좀 쉬고 잠이나 한숨 청해 볼까." 노인이 혼자 중얼거렸다.

별이 총총한 하늘 아래서 점점 추워지는 밤의 냉기를 느끼며 그는 만새기의 고깃점 절반을 먹고, 날치 한 마리를 내장을 빼고 대가리를 잘라 버리고서 먹었다.

"만새기는 제대로 요리해서 먹으면 정말 맛있는 생선이지. 하지만 날로 먹으니 정말 맛대가리가 없군. 이다음에 배를 탈 때는 꼭 소금이나 라임을 갖고 타야겠는걸." 그가 말했다.

조금만 머리를 써서 이물 쪽 널빤지에 바닷물을 뿌려 두었더라면 그것이 말라 소금이 될 수도 있었을 텐데, 하고 노인은 생각했다. 하지만 만새기를 낚아 올린 것은 거의 해가 기울 무렵이었어. 그렇기는 해도 역시 준비 부족이라고 할 수밖에 없지 뭐야. 어쨌든 고기를 꼭꼭 잘 씹어 먹었더니 구역질이 나지 않는군.

동쪽 하늘로 점점 구름이 몰려오면서 그가 알고 있는 별이 하나둘 사라져 버렸다. 그는 마치 거대한 구름의 골짜기 속으로 들어가는 것 같았고, 바람은 이제 완전히 멎어 있었다.

"사나흘 지나면 날씨가 나빠지겠는걸. 하지만 오늘 밤과 내일은 괜찮을 거야. 자, 늙은이, 고기가 조용하고 얌전히 있는 동안 잠잘 준비나 하시지." 그가 말했다.

노인은 오른손으로 낚싯줄을 꽉 잡고 그 위를 허벅다리로 힘껏 누르고는 온몸의 무게를 이물의 널빤지에다 맡겼다. 그러고 나서 어깨 위의 줄을 조금 아래쪽으로 낮추고 왼손으로 그것을 버팀대처럼 떠받쳤다.

낚싯줄이 팽팽하게 죄여 있는 동안에는 오른손으로 줄을 잡을 수 있겠지, 하고 그는 생각했다. 만약 잠을 자는 동안 줄이 느슨해지면 줄이 풀려 나가면서 왼손이 나를 깨워 줄 거야. 오른손으로서는 힘이 드는 일이겠지만. 하지만 오른손은 힘든 일에 익숙해졌어. 이삼십 분만 눈을 붙여도 좋을 텐데. 그는 몸 전체를 낚싯줄에 기대고 앞으로 웅크린 자세로 오른손에 온몸의 무게를 맡긴 채 잠이 들었다.

노인은 사자 꿈을 꾸지는 않았으나 그 대신 13킬로미터에서 16킬로미터가량 퍼져 큰 무리를 이룬 돌고래 꿈을 꾸었다. 마침 교미기라 돌고래들은 공중으로 높이 뛰어올랐다가는 뛰어오를 때 수면에 만들어 놓은 구멍 속으로 다시 떨어지곤 했다.

그러고 나서 노인은 마을의 자기 침대에 누워 있는 꿈을 꾸었다. 북풍이 불어닥쳐서 몹시 추웠고, 꿈속에서는 베개 대신 오른팔을 베고 자고 있었기 때문에 오른팔이 저렸다.

그런 다음 노인은 길게 뻗은 노란 해변이 나오는 꿈을 꾸기 시작했는데 처음에 사자 한 마리가 이른 새벽 어두컴컴한 바닷가로 내려오더니, 이어 다른 사자들도 뒤따라 나타나기 시작했다. 그가 탄 배가 뭍에서 불어오는 저녁 미풍을 받으며 닻을 내리고 있었고, 그는 이물의 널빤지에 턱을 괴고 있었다. 더 많은 사자가 나타나지는 않는지 보려고 기다리는 동안 그는 기분이 자못 흐뭇했다.

달이 뜬 지 이미 오래되었는데도 노인은 여전히 잠을 자고 있었다. 고기는 계속 유유히 낚싯줄을 끌고 헤엄치고 있었고, 배는 구름의 터널 속으로 미끄러져 들어가고 있었다.

노인은 오른 주먹이 홱 얼굴을 치고 오른 손바닥이 화끈할 정도로 줄이 풀려 나가는 바람에 갑자기 잠에서 깨었다. 왼손에는 아무런 감각이 없었지만 그는 오른손에 온 힘을 집중하여 줄을 멈추려고 했다. 그러나 줄은 무서운 속도로 풀려 나갔다. 마침내 왼손도 줄을 찾아서 잡았고, 그는 몸을 뒤로 젖혀 등의 힘으로 줄을 멈추려고 했지만, 등과 왼손이 달아오르는 것처럼 뜨거웠고, 온 힘을 다해 줄을 잡는 바람에 왼손에 심하게 상처가 났다. 그는 몸을 돌려 감아 놓은 예비 줄을 보았는데 그 줄도 술술 풀려 나가고 있었다. 바로 그때 고기가 요란한 소리를 내며 물 위로 뛰어올랐다가 첨벙 하는 소리를 내며 다시 물속으로 떨어졌다. 그러더니 고기는 몇 번이나 뛰어올랐으며, 줄이 계속 풀려 나가고 있는데도 배는 여전히 무서운 힘으로 달리고 있었다. 노인은 줄이 끊어지려는 순간까지 몇 번이나 되풀이해서 줄을 팽팽하게 잡아당겼다. 그는 뱃머리 쪽으로 바싹 끌려가 만새기의 고깃점 위로 넘어졌고 얼굴이 파묻힌 채 꼼짝달싹할 수 없었다.

이렇게 되기를 기다렸던 거야, 하고 노인은 생각했다. 그러니 이제 당당하게 사태를 받아들여야지.

저놈에게 낚싯줄 값을 치르게 해야겠구나, 하고 그는 생각했다. 꼭 그 값을 치르게 해야 하고말고.

노인한테는 고기가 뛰어오르는 모습은 보이지 않고 다만 바다가 갈라지는 소리와 고기가 물속으로 떨어지며 첨벙 하고 내는 소리만 들릴 뿐이었다. 낚싯줄이 풀려 나가는 속도 때문에 손에 큰 상처가 났지만 이런 일이 일어나리란 것은 진작부터 각오하고 있었다. 그는 손의 못이 박인 부분에만 줄이 닿도록 하면서 더 이상 줄이 손바닥을 파고들거나 손가락을 베지 않도록 했다.

만약 그 애가 옆에 있었더라면 감아 둔 낚싯줄에 물을 축여 줄 텐데, 하고 그는 생각했다. 암, 그렇고말고. 그 애가 옆에 있어 주었더라면. 만약 그 애가 옆에 있었더라면 말이야.

줄은 잇따라 풀려 나가고 있었지만 이제 속도는 점점 떨어지고 있었고, 노인은 고기가 한 치라도 더 줄을 끌고 나가는 데 힘이 들도록 만들고 있었다. 이제 그는 판자로부터, 뺨 밑에 눌려 있던 만새기 고깃점으로부터 머리를 쳐들었다. 그리고 나서 무릎을 꿇고 천천히 일어섰다. 여전히 줄을 풀어 주고 있었지만 속도는 조금씩 늦추고 있었다. 그는 눈에 보이지 않는 낚싯줄을 발로 더듬을 수 있는 곳으로 되돌아갔다. 아직도 줄은 넉넉했고, 이제 고기는 물속으로 새로 풀려 나간 줄의 무게까지 감당하며 끌어야만 했다.

그렇지, 하고 노인은 생각했다. 저놈은 이제 열두세 번 넘게 물 위로 뛰어오르면서 등줄기를 따라 있는 부레 속에 공기를 가득 채웠단 말이야. 그러니 이제 저놈은 내가 끌어올릴 수 없는 깊은 바닷속으로 가라앉아 죽지는 않을 거야. 저놈은 이제 곧 빙글빙글 원을 그리며 돌기 시작할 테니까, 그때 내가 손을 써야지. 그런데 뭣 때문에 저놈이 그렇게 날뛰었을까? 배가 고파서 발작한 것일까, 아니면 어둠 속에서 뭔가를 보고 겁을 집어먹은 것일까? 어쩌면 갑자기 겁을 집어먹었기 때문일지 몰라. 하지만 그렇게도 침착하고 힘센 고기였는데. 공포 따위는 느낄 리가 없고, 또 꽤나 자신만만한 놈 같았는데 말이야. 참으로 이상한 일이로군.

"이보게, 늙은이, 자네나 두려워하지 말고 자신감을 갖도록 하시지. 자네가 고기를 또다시 장악하고 있긴 하지만, 줄을 잡아당기지는 못하고 있잖아. 하지만 녀석은 이제 곧 빙글빙글 원을 그리며 돌기 시작할 거야." 그가 말했다.

노인은 왼손과 어깨로 고기를 제어하면서 몸을 엎드려 오른손으로 물을 떠다가 얼굴에 달라붙은 만새기의 고깃점을 씻어 냈다. 그대로 놔두었다가는 구역질이 나서 기력을 잃을까 걱정되었기 때문이다. 얼굴을 씻고 난 뒤에는 오른손을 뱃전 너머로 늘어뜨려 헹구고는 짜디짠 바닷물 속에 손을 그대로 담근 채 해가 뜨기 전 희뿌옇게 동이 터 오는 동쪽 하늘을 지켜보았다. 고기 놈은 이제 거의 동쪽을 향해 가고 있군, 하고 그는 생각했다. 그건 놈이 지쳐 해류를 타고 떠내려가고 있다는 증거야. 이제 저놈이 곧 빙글빙글 돌기 시작할 테지. 바로 그때부터 우리의 진짜 싸움이 시작되는 거지.

오른손을 아주 오랫동안 충분히 물속에 담가 두었다고 판단하자 그는 손을 꺼내 살펴보았다.

"별것 아니군. 사나이에게 이깟 고통이 무슨 대수란 말인가." 그가 말했다.

노인은 새로 난 상처에 낚싯줄이 닿지 않도록 조심해서 줄을 쥐고 몸의 중심을 옮긴 다음 이번에는 반대쪽 뱃전 너머로 왼손을 바닷물 속에 담갔다.

"쓸모없는 짓을 하려고 그렇게 형편없이 행동한 건 아니군. 하지만 너를 불러낼 수 없던 순간도 있었지." 그가 왼손에게 말했다.

왜 나는 두 손을 다 잘 쓰는 양손잡이로 태어나지 못했을까, 하고 노인은 생각했다. 한 손을 제대로 훈련시키지 못한 건 내 잘못일지도 몰라. 배울 기회가 얼마든지 있었다는 건 하느님도 아시지. 하지만 간밤에는 그리 서투르지도 않았고 쥐도 한 번밖에 나지 않았어. 만약 또 쥐가 난다면 낚싯줄에 손이 잘리도록 그냥 내버려 둘 테야.

그런 생각을 하면서도 노인은 자신의 머릿속이 그다지 맑지 않다는 것을 깨닫고 만새기라도 좀 더 씹어 먹어야겠다고 생각했다. 하지만 저건 못 먹겠군, 하고 그는 혼잣말을 했다. 구역질을 해서 기운을 잃어버리는 것보다는 차라리 머릿속이 흐리멍덩해지는 쪽이 그래도 나아. 또 저 고깃점에다 얼굴을 처박고 있었으니 먹어 봤자 토해 낼 게 뻔해. 상하기 전까지 비상용으로 간직해 두기로 하자. 어쨌든 이제 영양분을 섭취해서 기운을 돋우기에는 너무 늦었어. 넌 좀 멍청해, 하고 그는 혼잣말로 지껄였다. 한 마리 남은 날치라도 먹으면 될 게 아냐.

날치는 언제라도 먹을 수 있도록 깨끗하게 준비되어 있었다. 그래서 그는 왼손으로 날치를 집어 입에 넣고는 조심스럽게 뼈를 꼭꼭 씹어 가며 꼬리 있는 데까지 모조리 먹어 치웠다.

날치란 놈은 어떤 고기보다도 영양분이 많지, 하고 노인은 생각했다. 적어도 내게 필요한 자양분 정도는 주거든. 이제 내가 할 수 있는 일은 다 한 셈이군, 하고 그는 또 생각했다. 그럼 이제 고기 놈이 빙글빙글 돌도록 만들어서 싸움을 시작하도록 하자.

노인이 바다에 나온 이후로 해가 세 번째로 솟아오르고 있을 때 고기가 빙글빙글 돌기 시작했다.

노인은 낚싯줄의 경사도만 봐서는 고기가 빙글빙글 돌고 있는지 아닌지 알 수 없었다. 그러기에는 너무 일렀다. 그러나 그는 어렴풋이 줄의 힘이 느슨해진 것을 느끼고 오른손으로 천천히 잡아당기기 시작했다. 줄은 여전히 팽팽했지만 금방이라도 끊어질 듯한 지점에 이르자 갑자기 당겨 오기 시작했다. 그는 어깨와 머리에서 줄을 벗기고는 꾸준하게 그리고 가만가만 잡아당기기 시작했다. 스윙 동작으로 두 손을 사용해될 수 있는 대로 몸과 다리로 줄을 끌어당기려고 했다. 늙어서 힘이 빠진 두 다리와 어깨가 스윙을 하거나 잡아당기는 동작의 회전축 구실을 했다.

"엄청나게 큰 원이로구나. 저놈이 지금 회전하는 중인 거야." 그가 말했다.

마침내 낚싯줄은 더 이상 당겨지지 않았고, 노인은 꽉 움켜잡고 있는 줄에서 물방울이 튕겨 나가면서 아침 햇살을 받아 반짝이는 것을 보았다. 바로 그 순간 갑자기 다시 줄이 풀려 나가기 시작했고, 노인은 무릎을 꿇고 아쉬운 듯 바라보면서 어두운 물속으로 줄이 끌려가도록 그냥 내버려 두었다.

"놈은 지금 회전하는 원의 가장 먼 쪽을 돌고 있는 거야." 노인이 말했다. 그러니 힘이 닿는 한 줄을 꽉 잡아당기고 있어야 해, 하고 그는 생각했다. 내가 세게 잡아당길 때마다 저놈이 돌고 있는 원이 작아지겠지. 어쩌면 한 시간 안에 저놈의 모습을 볼 수 있을지도 몰라. 이젠 본때를 보여 주고 숨통을 끊어 버려야 해.

그러나 고기는 계속해서 천천히 선회하고 있었으며, 두 시간 뒤 노인의 온몸은 땀에 흠뻑 젖었고 피로가 뼛속까지 스며들었다. 하지만 고기가 그리는 원은 훨씬 더 작아졌고, 낚싯줄의 경사로 보아 고기가 헤엄치면서 꾸준히 수면으로 올라오고 있다는 사실을 알 수 있었다.

한 시간 전부터 노인의 눈앞에 검은 반점이 어른거렸고, 흐르는 땀 때문에 두 눈이 따가웠으며, 또 눈 위와 이마의 상처가 쓰라렸다. 그는 검은 반점에 대해서는 별로 두려워하지 않았다. 줄을 힘껏 잡아당길 때면 으레 일어나는 현상이었기 때문이다. 그러나 두 번씩이나 눈앞이 아찔해 오면서 현기증을 느끼자 걱정이 되었다.

"이따위 고기하고 맞서다가 죽을 순 없지. 저토록 멋지게 저놈이 다가오고 있으니, 하느님, 제발 버틸 수 있는 힘을 주소서. 주기도문을 백 번 외우고, 성모송을 백 번이라도 외겠습니다. 물론 지금은 욀 수가 없지만요." 그가 말했다.

그럼 지금은 왼 것으로 해 두자, 하고 그는 생각했다. 나중에 꼭 욀 테니까.

바로 그때 그는 두 손으로 꽉 움켜잡고 있던 낚싯줄이 느닷없이 왈칵 당겨지는 것을 느꼈다. 그 힘은 날카롭고 맹렬했으며 묵직했다.

저놈이 창 같은 주둥이로 철사 목줄을 들이박고 있구나, 하고 그는 생각했다. 그렇게 나올 줄 알았지. 그렇게 하지 않을 수가 없었을 테지. 하지만 그 때문에 뛰어오르게 될는지도 모르겠는걸. 지금으로서는 그대로 빙글빙글 돌기나 해 줬으면 좋겠는데. 공기를 들이마시려면 녀석은 뛰어올라야겠지. 하지만 지금부터는 자꾸 뛰어오를 때마다 낚싯바늘이 박힌 상처가 점점 크게 벌어져 녀석한테서 낚시가 빠져 버릴지도 몰라.

"뛰어오르지 마라, 고기야. 제발 뛰지 마." 노인이 말했다.

고기는 그 뒤에도 몇 차례나 목줄을 더 들이받았고, 고기가 대가리를 흔들 적마다 노인은 줄을 조금씩 풀어 주었다.

저 녀석의 고통을 지금 정도로 유지시켜 줘야 하는데, 하고 노인은 생각했다. 내 고통 같은 건 문제가 아니야. 난 참을 수 있으니까. 하지만 저 녀석은 고통 때문에 미쳐 버릴지도 몰라.

한참 뒤 고기는 더 이상 목줄을 들이받지 않고 또다시 천천히 원을 그리며 맴돌기 시작했다. 이제 노인은 꾸준히 줄을 끌어들이고 있었다. 그러나 또다시 현기증이 나면서 정신이 아찔해졌다. 그는 왼손으로 바닷물을 떠서 머리에 끼얹었다. 그러고 나서 물을 더 떠서 목덜미를 문질렀다.

"이제 쥐가 나지 않는군. 저 녀석은 곧 물 위로 떠오를 테고, 나도 마지막까지 버틸 수 있을 거야. 끝까지 꼭 버텨야 하고말고. 그건 두말하면 잔소리지." 그가 말했다.

노인은 이물에 기대어 무릎을 꿇고 잠깐 동안 다시 등 위로 줄을 슬쩍 젖혔다. 저 녀석이 멀리서 선회하고 있는 지금은 잠시 쉬기로 하자. 그러다가 가까이 다가오면 일어나 싸우기로 하자, 하고 그는 결심했다.

이물 쪽에서 휴식을 취하면서 줄을 감아 들이지 않고 고기가 제멋대로 한 바퀴 돌도록 내버려 두고 싶은 생각이 간절했다. 그러나 줄이 팽팽한 정도로 미루어 보아 고기가 방향을 돌려 배를 향해 다가오고 있는 것을 알 수 있었고 그러자 노인은 자리에서 벌떡 일어나서 자신의 몸을 회전축으로 삼아 돌면서 베를 짜는 듯한 동작으로 고기가 끌고 간 줄을 모두 감아 들이기 시작했다.

아까보다도 훨씬 더 피곤하군, 하고 그는 생각했다. 이제 무역풍이 불어오는구나. 한데 이 바람은 고기를 끌고 가기에는 안성맞춤일 거야. 몹시 기다리던 바람이렷다.

"저 녀석이 또다시 멀리서 선회할 때 쉬어야겠구나. 기분도 훨씬 좋아졌어. 앞으로 저 녀석이 두세 바퀴만 더 돌아 주면 잡을 수 있겠는걸." 그가 말했다.

노인의 밀짚모자는 뒤통수까지 젖혀져 있었다. 고기가 방향을 바꾸는 것이 느껴졌을 때 그는 줄에 끌려 그만 이물 쪽에 털썩 주저앉고 말았다.

고기 양반, 여전히 일을 계속하고 계시군, 하고 그는 생각했다. 자네가 되돌아오면 잡아 버릴 테야.

파도가 꽤 높게 일고 있었다. 그러나 좋은 날씨에만 부는 미풍으로 그가 항구로 돌아가려면 꼭 필요한 바람이었다.

"배를 남서쪽으로 돌려야겠군. 사람은 바다에선 길을 잃는 일이 없지. 게다가 이곳은 길쭉한 섬이니까 말이야." 그가 말했다.

노인이 맨 처음 고기의 모습을 본 것은 고기가 세 번째로 선회할 때였다.

처음 보았을 때는 마치 시커먼 그림자 같았는데, 배 밑을 통과하는 데 시간이 너무 한참 걸리는 바람에 그 길이를 도저히 믿을 수 없을 정도였다.

"아냐. 녀석이 이렇게까지 클 리가 없어." 그가 말했다.

그러나 고기는 실제로 그렇게 컸다. 고기는 한 바퀴 다 돌고 난 뒤 배에서 2미터 반이 넘게 떨어진 수면 위에 모습을 드러냈고, 노인은 물 위로 솟아올라 온 그놈의 꼬리를 보았다. 꼬리는 큼직한 낫보다도 훨씬 컸으며, 검푸른 물 위에서 엷은 보랏빛을 띠고 있었다. 꼬리는 약간 뒤쪽으로 비스듬히 기울어 있었는데, 고기가 수면 바로 밑을 헤엄쳐 갈 때 거대한 몸뚱이와 띠를 두른 것 같은 자줏빛 줄무늬가 보였다. 등지느러미는

아래쪽으로 늘어져 있었고, 큼직한 가슴지느러미는 양쪽으로
활짝 펼쳐져 있었다.

이번에 회전할 때 노인은 고기의 눈구멍을 똑똑히 바라볼
수 있었고, 또 잿빛 빨판상어 두 마리가 그 주위에 바짝 붙어
헤엄치고 있는 것을 볼 수 있었다. 이 상어들은 어떤 때는 고
기에 찰싹 붙기도 하고, 어떤 때는 떨어져 나오기도 했다. 그
리고 또 어떤 때는 큰 고기의 그늘 속에서 유유히 헤엄치기도
했다. 두 마리 모두 길이가 90센티미터가 넘었고, 빠른 속도로
헤엄칠 때는 마치 뱀장어처럼 온몸을 맹렬하게 흔들어 댔다.

노인은 지금 구슬 같은 땀을 흘리고 있었지만 햇볕 때문만
은 아니었다. 고기가 침착하고 얌전하게 회전할 때마다 그는
줄을 끌어당기면서 이제 두 바퀴만 더 돌면 작살을 꽂을 기회
가 오리라고 확신했다.

그러나 저 녀석을 가까이, 아주 가까이 끌어와야 해, 하고
그는 생각했다. 대가리를 노릴 것이 아니라 바로 심장을 겨눠
야 해.

"이 늙은이야, 침착하고 기운을 내란 말이다." 그가 말했다.

다음 선회 때 고기의 등이 수면 위로 솟아올랐지만, 고기는
아직 배에서 너무 멀리 떨어져 있었다. 그다음 선회 때도 역시
거리는 너무 멀었지만 아까보다는 제법 물 위로 솟아올라 왔
다. 노인은 줄을 조금만 더 끌어당기면 고기를 뱃전까지 오게
할 수 있다고 확신했다.

노인은 오래전부터 작살을 준비해 놓고 있었고, 작살에 매
어 놓은 가벼운 줄은 둘둘 감아서 둥그런 광주리 안에 넣어 두

었다. 그리고 그 끝을 이물의 말뚝에 단단히 매어 놓았다.

고기는 큼직한 꼬리만을 움직이며 무척 조용하고도 아름다운 모습으로 둥글게 맴돌면서 점점 더 가까이 다가오고 있었다. 노인은 고기를 가까이 끌어들이기 위해 있는 힘을 다해 줄을 잡아당기려고 애썼다. 한순간 고기는 약간 옆쪽으로 기우뚱했다. 그러더니 금방 다시 몸을 똑바로 하고 원을 그리기 시작했다.

"내가 저 녀석을 움직이게 건드렸구나. 마침내 저놈을 움직이게 한 거야." 노인이 말했다.

노인은 다시 한 번 정신이 아찔해졌지만 혼신의 힘을 다해 큰 고기를 붙잡고 늘어졌다. 내가 저 녀석을 움직였어, 하고 그는 생각했다. 어쩌면 이번에는 저놈을 잡을 수 있을지도 몰라. 손아, 당겨라, 하고 그는 생각했다. 그리고 두 다리야, 끝까지 버텨 다오. 머리야, 너도 마지막까지 나를 위해 잘 견뎌 다오. 나를 위해 견뎌 줘야 해. 넌 지금껏 한 번도 정신을 잃은 적이 없지 않느냐. 이번에야말로 저 녀석을 끌어당기고 말 테다.

그러나 고기가 뱃전에 나란히 와 닿기 전부터 노인은 온 힘을 다해 잡아끌기 시작했지만 고기는 약간 뒤뚱거리더니 다시 몸을 똑바로 하고 도망쳐 버렸다.

"고기야, 이 녀석 고기야, 넌 결국 죽을 수밖에 없는 운명이야. 너도 나를 죽이겠단 말이냐?" 노인이 말했다.

그래 본들 얻는 게 아무것도 없어, 하고 노인은 생각했다. 입속이 바싹 말라 말이 제대로 나오지 않았지만 이제 손을 뻗어 물병을 잡을 기운도 없었다. 이번에는 저놈을 꼭 뱃전에 나란히 끌어다 붙이고 말 거야, 하고 그는 생각했다. 저렇게 계속 돌게 하다가는 내가 견디지 못할 것 같아. 아냐, 그럴 리가 없어, 하고 그는 스스로에게 타일렀다. 난 언제까지나 끄떡없을 거야.

다시 둥글게 원을 그리며 맴돌고 있을 때 노인은 고기를 거의 그의 손아귀에 잡다시피 했다. 그러나 고기는 또다시 몸을 곧추세우고 천천히 헤엄쳐 달아나 버렸다.

고기야, 네놈이 지금 나를 죽이고 있구나, 하고 노인은 생각했다. 하지만 네게도 그럴 권리는 있지. 한데 이 형제야, 난 지금껏 너보다 크고, 너보다 아름답고, 또 너보다 침착하고 고결한 놈은 보지 못했구나. 자, 그럼 이리 와서 나를 죽여 보려무나. 누가 누구를 죽이든 그게 무슨 상관이란 말이냐.

이제 머리가 점점 몽롱해지고 있는걸, 하고 그는 생각했다. 머리를 맑게 해야 해. 머리를 맑게 해서 어떻게 하면 인간답게 고통을 견딜 수 있는지를 알아야 해. 아니면 고기처럼 말이지, 하고 그는 생각했다.

"머리야, 맑아져라. 맑아지란 말이다." 노인은 자신의 귀에도 잘 들리지 않을 정도의 목소리로 말했다.

고기가 두 바퀴 다시 원을 그리며 맴돌았지만 사정은 마찬가지였다.

어떻게 된 일인지 잘 모르겠는걸, 하고 노인은 생각했다. 그는 그럴 때마다 거의 의식을 잃고 기절할 것만 같았다. 참으로 모를 일이야. 하지만 한 번만 더 시도해 봐야지.

노인은 다시 한 번 시도해 보았다. 그러나 고기의 방향을 돌려 놓는 순간 그는 또다시 정신이 희미해지는 것을 느꼈다. 고기는 또다시 몸을 곧추세우고 큼직한 꼬리를 공중에서 갈지자로 흔들면서 천천히 헤엄쳐 달아나 버렸다.

다시 한 번 해 봐야지, 하고 노인은 마음속으로 다짐했다. 비록 두 손은 힘이 빠져 우뭇가사리처럼 흐물흐물하고, 눈앞이 순간순간 가물가물했지만 말이다.

그는 다시 한 번 시도해 보았지만 역시 마찬가지였다. 그렇다면 말이야, 하고 그는 생각했다. 행동으로 옮기기도 전에 그는 의식이 몽롱해지는 것을 느꼈다. 또 한 번 시도해 보자.

노인은 모든 고통과 마지막 남아 있는 힘, 그리고 오래전에 사라진 자부심을 총동원해 고기의 마지막 고통과 맞섰다. 고기는 그의 곁으로 다가와서 주둥이가 뱃전에 닿다시피 한 상태로 부드럽게 헤엄치면서 배 옆을 지나가기 시작했다. 은빛 살갗에 있는 자줏빛 줄무늬는 길고도 깊숙하고 넓게 물속까지 끝없이 이어져 있는 듯했다.

노인은 낚싯줄을 놓고 한쪽 발로 그것을 딛고 서서 작살을 힘껏 높이 치켜들었다가 마지막 힘을 다해, 아니, 그 이상으로, 자신의 가슴 높이까지 솟아오른 고기의 가슴지느러미 바로 뒤쪽 옆구리에 콱 꽂았다. 작살의 날이 고기의 살 속을 뚫고 들어가는 것이 느껴졌고, 그는 작살에 기대어 그것을 더 깊숙이 박고 나서 자신의 온 무게를 실어서 밀어 넣었다.

죽음을 맞은 고기는 갑자기 생기를 되찾은 듯이 수면 위에 길쭉하고 널찍한 몸뚱이와 함께 그 위력과 아름다움을 아낌없이 드러냈다. 배 안에 있는 노인보다도 더 높이 하늘로 치

솟아 오르는 것처럼 보였다. 그런 뒤 고기가 첨벙 하고 물속에 떨어지는 바람에 물보라가 일어 노인과 배 위에 왈칵 쏟아져 내렸다.

노인은 의식이 몽롱하고 속이 메스꺼웠고 앞이 잘 보이지 않았다. 그래도 작살의 밧줄을 풀어 생살이 드러난 두 손으로 천천히 밧줄을 내어 주었다. 겨우 앞이 보이기 시작했을 때는 고기가 은빛 배때기를 드러내고 벌렁 자빠진 채 물 위에 떠 있었다. 작살 자루가 고기의 어깨에 비스듬히 꽂혀 불쑥 튀어나와 있었으며, 바다는 고기의 심장에서 뿜어 나오는 피로 온통 새빨갛게 물들고 있었다. 처음에는 깊이가 1킬로미터 반이 넘는 검푸른 바다에 떠 있는 고기 떼처럼 시커멓게 보였다. 그러더니 마침내 구름처럼 퍼져 나갔다. 고기는 은빛을 띠고 조용히 파도와 함께 표류하고 있었다.

노인은 가물거리는 시선으로 조심스럽게 바라보았다. 그러고 나서 작살의 밧줄을 이물 말뚝에 두 번 감아 놓고는 두 손으로 머리를 감쌌다.

"정신 차려야 해." 그는 이물 쪽 널빤지에 몸을 기대면서 말했다. "난 지쳐 버린 늙은이야. 하지만 난 내 형제인 이 고기를 죽였고, 이제부터는 노예처럼 더러운 노동을 시작해야 한다."

이제 올가미와 밧줄을 준비해서 저놈을 뱃전에 꼭 묶어 놓아야지, 하고 노인은 생각했다. 비록 지금은 우리 둘뿐이라 해도 무리하게 저놈을 배에 실었다간 배가 가라앉고 말 거야. 배 안에 고이는 물을 퍼낸다고 해도 말이지. 만반의 준비를 갖추고 난 뒤 저놈을 배에 잘 붙들어 매고, 돛대를 세워 돛을 올리고 항구로 돌아가는 수밖에 없어.

노인은 뱃전으로 고기를 끌어당겨 아가미에서 아가리로 밧줄을 꿰어서 대가리를 이물 옆에다 꼭 붙들어 매 놓기 시작했다. 이놈을 직접 똑똑히 보고 만지고 더듬어 보고 싶구나, 하고 그는 생각했다. 이놈은 내 재산이니까 말이야, 하고 그는 또 생각했다. 하지만 이놈을 만져 보고 싶은 건 그 때문만은 아냐. 난 이놈의 심장을 만져 본 것 같기도 해, 하고 그는 생각했다. 작살을 두 번째로 찔렀을 때였어. 자, 이제 이놈을 바싹 잡아당겨 꼬리와 배에 올가미를 하나씩 씌우고 단단히 배에 붙들어 매어야겠구나.

"이 늙은이야, 어서 일을 시작하시지." 그가 말했다. 그리고는 물을 조금 마셨다. "싸움이 끝나고 나니 이제 노예처럼 뼈 빠지게 해야 할 일이 잔뜩 기다리고 있군."

노인은 하늘을 올려다보고 나서 다시 고기한테로 눈을 돌렸다. 그리고 조심스럽게 해를 쳐다보았다. 정오가 지난 지 그렇게 오래지 않았군, 하고 그는 생각했다. 무역풍이 불어오고 있었다. 이제 낚싯줄 같은 건 아무래도 상관없어. 집으로 돌아가거든 그 아이와 함께 둘이서 다시 꼬아 이으면 돼.

"자, 이리 온, 고기야." 그가 말했다. 그러나 고기는 오지 않았다. 그 대신 벌렁 누운 채 물 위에 둥실 떠 있어 노인이 배를 저어 고기 쪽으로 다가갔다.

고기 옆에 배를 대고 고기 대가리를 배의 이물에다 붙들어 맬 때, 노인은 고기의 크기가 좀처럼 믿어지지 않았다. 그러나 그는 작살 밧줄을 말뚝에서 풀어 그것을 고기의 아가미로 넣어 턱으로 빼내고, 칼날처럼 뾰족한 주둥이를 한 번 감은 뒤다시 다른 쪽 아가미로 꿰어서 주둥이를 또 한 번 감고 그 끝을 두 겹으로 얽어매어 이물 쪽 말뚝에 단단히 붙들어 맸다. 그러고 나서 그는 밧줄을 끊어 꼬리를 매려고 고물 쪽으로 갔다. 본디 자줏빛과 은빛이 뒤섞여 있던 고기 색깔은 이제 순전한 은빛으로 변해 있었고, 줄무늬는 꼬리와 똑같은 엷은 보랏빛을 띠고 있었다. 줄무늬의 폭은 손가락을 활짝 편 어른의 손바닥만큼 넓었으며, 눈은 잠망경의 반사경처럼, 행렬에 끼어 걸어가는 성자(聖者)의 눈처럼 초연했다.

"그 방법으로밖에는 그놈을 죽일 수 없었어." 노인이 말했다. 물을 마시고 나자 그는 훨씬 기분이 좋아졌다. 기절할 것 같지도 않았고, 머리도 맑아졌다. 보아하니 700킬로그램은 될 것 같군, 하고 그는 생각했다. 어쩌면 더 나갈지도 몰라. 삼분의 이만 고기로 만들어 450그램에 30센트씩 받는다면?

"계산을 하자면 연필이 필요한데. 그걸 계산할 만큼 내 머리가 맑지 않아." 그가 말했다. "하지만 그 훌륭한 디마지오 선수도 오늘 내가 한 일을 자랑스럽게 여길 거야. 물론 난 발 뒤꿈치에 뼛돌기는 없었지. 하지만 손과 등은 정말로 아팠거든." 발뒤꿈치에 생기는 뼛돌기라는 게 도대체 어떤 걸까, 하고 그는 생각했다. 깨닫지 못해서 그렇지 어쩌면 우리한테도 그런 게 있을지도 몰라.

노인은 고기를 고물과 이물 그리고 배 중앙부의 가로대에 단단히 붙들어 맸다. 고기가 너무 커서 훨씬 큰 배 한 척을 나란히 갖다 붙여 놓은 것 같았다. 입이 열리지 않도록 그는 줄을 한 가닥 끊어 고기의 아래턱을 주둥이에 잡아맸다. 그렇게 해야만 배가 그런대로 순조롭게 달릴 수 있기 때문이다. 그러고 나서 돛대를 세우고 갈고리대인 막대기와 활대를 장치하고 누덕누덕 기운 돛을 활짝 펴자 배가 움직이기 시작했다. 그는 고물에 반쯤 누운 채 남서쪽으로 방향을 잡았다.

노인에게는 남서쪽이 어느 쪽인지 알아내는 데 나침반이 필요 없었다. 무역풍이 와 닿는 감촉과 돛이 펴지는 상태만으로도 충분했다. 짤막한 낚싯줄에 후림 미끼라도 달아서 뭐라도 잡아 배를 채우고 목을 축이는 게 좋겠는걸. 그러나 후림 미끼를 찾을 수 없었고, 잡아 놓은 정어리는 벌써 썩어서 쓸 수 없게 되었다. 그래서 그는 할 수 없이 물 위에 떠 있는 누런 모자반류 해초를 갈고리대로 건져 올려 뱃바닥에 대고 툭툭 털어 그 속에 들어 있는 잔 새우가 떨어지도록 했다. 열두어 마리도 넘는 새우들이 마치 모래 벼룩처럼 팔딱팔딱 뛰었다. 노인은 엄지손가락과 집게손가락으로 새우 대가리를 잘라 내고 껍질과 꼬리까지 통째로 씹어 먹었다. 매우 작지만 자양분이 많고 맛이 좋다는 것을 그는 잘 알고 있었다.

노인의 물병에는 아직 두 번 마실 물이 남아 있었는데, 새우를 먹고 나서 한 번 마실 물의 반을 마셨다. 무거운 짐을 실은 배치고는 꽤 잘 달리고 있는 편이었고, 그는 키 손잡이를 겨드랑이에 끼우고 방향을 잡았다. 고기의 모습이 잘 보였다. 그는 두 손을 펴 보고 고물에 기댄 등의 감촉을 느끼고 나서야 비로소 이것이 꿈이 아니라 정말로 일어난 현실이라는 것을 깨달았다. 고기와의 싸움이 끝날 무렵 몹시 피로하고 의식이 아물거렸을 때, 그는 혹시 꿈을 꾸고 있는 것이 아닐까 하고 생각했었다. 고기가 물 위로 뛰어올라 물속으로 떨어지기 직전 공중에 움직이지 않고 떠 있는 모습을 본 순간, 그는 무슨 기적 같은 일이 일어난 거라 생각했고, 도저히 그 광경을 믿을 수 없었다. 지금은 잘 보이지만 그때는 눈도 잘 보이지 않았던 것이다.

이제 노인은 실제로 고기가 있는 데다 자신의 손과 등이 아파서 꿈이 아니라는 사실을 잘 알고 있었다. 두 손의 상처는 곧 낫겠지, 하고 그는 생각했다. 피를 깨끗이 닦아 냈으니 소금물이 낫게 해 줄 거야. 만의 깊은 바닷물보다 더 좋은 약은 없지. 이제 나는 오직 정신을 똑바로 차리고 있기만 하면 되는 거야. 두 손은 할 일을 모두 잘 끝냈고, 우리는 지금 무사히 항구로 돌아가는 중이야. 고기는 아가리를 굳게 다물고 꼬리를 꼿꼿이 아래위로 흔들면서 우리는 지금 마치 형제처럼 항해하고 있지 않은가. 그런데 그때 노인의 머리가 다시 약간 흐려지기 시작했다. 고기가 나를 데려가고 있는 건가, 아니면 내가 고기를 데려가고 있는 건가, 하고 그는 생각했다. 만약 내가 고기를 뒤에 두고 끌고 가고 있는 것이라면 아무런 문제가 없어. 고기 놈이 모든 위엄을 잃어버린 채 지금 배 안에 있다고 해도 역시 아무런 문제가 없지. 하지만 고기와 배는 지금 서로 묶인 채 나란히 항해하는 중이야. 만약 고기 놈이 나를 데리고 가는 거라면 그렇게 하라지, 하고 그는 생각했다. 나는 꾀가 있어 저놈보다 나은 것일 뿐 저놈은 내게 아무런 적의도 품고 있지 않았거든.

그들은 순조롭게 항해를 계속했고, 노인은 두 손을 소금물에 적시면서 정신을 똑바로 차리려고 애썼다. 하늘 높이 뭉게구름이 떠 있고 그 위에 엷은 새털구름이 많이 떠 있었는데 노인은 이것이 밤새도록 미풍이 불어 델 징조임을 알고 있었다. 그는 그것이 꿈이 아닌 현실이라는 것을 확인이라도 하려는 듯이 줄곧 고기를 바라보았다. 최초의 상어가 습격해 온 것은 그로부터 한 시간 뒤의 일이었다.

　　상어는 우연히 나타난 것이 아니었다. 먹구름 같은 시꺼먼 피가 1킬로미터 반쯤 되는 깊은 바다 속으로 조용히 퍼져 나갔을 때부터 상어는 이미 심연에서 위쪽으로 올라왔던 것이다. 상어는 무섭게도 빨리, 아무런 거리낌 없이 올라와 푸른 수면을 가르고 햇살 속에 몸을 드러냈다. 그런 뒤에 다시 바다 속으로 들어가 피 냄새를 맡으며 배와 고기가 가고 있던 항로를 따라 헤엄치기 시작했다.

　　상어는 가끔 냄새를 놓쳐 버리기도 했다. 그러나 이내 냄새를 찾아내고 아무리 희미한 기미라도 발견해 내어 빠른 속도로 맹렬히 배를 뒤쫓아 왔다. 덩치가 아주 큰 마코상어*로 바다에서는 가장 빨리 헤엄칠 수 있는 놈인 데다 주둥이를 제외하고는 나무랄 데 없이 아름답게 생긴 놈이었다. 등은 황새치처럼 푸르고, 배때기는 은빛을 띠며, 가죽은 매끈하고 아름다웠다. 지금 수면 아래에서 높다란 등지느러미를 조금도 움직이지 않고 칼날처럼 물을 가르듯 빠르게 헤엄치는데, 꽉 다문

---

* 청상아리라고 부르는 상어의 일종.

큼직한 주둥이를 빼놓고는 형태가 일반 황새치와 비슷했다. 이중으로 된 입술 안쪽에는 이빨 여덟 줄이 안쪽으로 비스듬히 박혀 있었다. 대부분의 상어처럼 피라미드 모양의 이빨이 아니었다. 사람 손가락을 맨 발톱처럼 오그린 모양을 하고 있었다. 노인의 손가락 길이만 한 이빨은 양쪽 가장자리가 마치 면도날처럼 날카롭게 날이 서 있었다. 바다에 사는 고기라면 어떤 고기든지 모조리 잡아먹을 것같이 생겼고, 속력이나 힘이나 무기 면에서 다른 고기들은 도저히 이놈을 당해 낼 재간이 없었다. 지금 그런 놈이 좀 더 신선한 피 냄새를 맡고 푸른 지느러미로 속력을 내며 홱홱 물을 가르고 있었다.

노인은 이놈이 다가오는 것을 보았을 때, 바다에서는 아무것도 두려운 것이 없고 하고 싶은 대로 해치우는 상어라는 것을 알았다. 상어가 다가오는 것을 지켜보면서 작살을 준비하고 밧줄을 단단히 묶었다. 그러나 고기를 배에 붙들어 매느라고 끊어 썼기 때문에 밧줄은 그만큼 짧았다.

이제 노인의 머리는 맑을 대로 맑아졌고 단호한 결의로 흘러 넘쳤지만 희망은 별로 없었다. 좋은 일이란 오래가지 않는 법이거든, 하고 그는 생각했다. 그는 상어가 가까이 다가오는 것을 지켜보면서 큰 고기를 힐끗 바라보았다. 차라리 꿈이었으면 좋았을걸, 하고 그는 생각했다. 상어가 공격해 오는 걸 막을 수는 없지만 혹시 해치울 수 있을지는 몰라. 에잇 '덴투소'* 놈, 하고 그는 생각했다. 빌어먹을 놈의 자식 같으니.

---

* '뾰족한 이빨'을 뜻하는 스페인어. 여기서는 마코상어를 가리킨다.

상어는 날쌔게 고물 쪽으로 다가왔고, 그놈이 큰 고기를 공격했을 때 노인은 쩍 벌린 아가리와 이상야릇한 눈알, 그리고 이빨을 찔꺽거리면서 큰 고기의 꼬리 바로 위 부분을 물어뜯는 것을 보았다. 상어의 대가리가 물 밖으로 불쑥 올라오고 등허리도 물 위로 드러났다. 큰 고기의 껍질과 살점이 뜯기는 소리가 들릴 때, 노인은 대가리를 겨누어 두 눈을 잇는 선과 코에서 등허리로 똑바로 뻗어 나간 선이 교차하는 지점에다 작살을 푹 찔러 넣었다. 물론 상어에게 그런 선이 있을 리는 없었다. 다만 큼직하고 뾰족한 푸른 대가리며 커다란 눈알이며 쩔꺽 소리를 내면서 뭣이든 삼켜 버리는 불쑥 튀어나온 주둥이가 있을 뿐이었다. 그러나 노인은 그곳이 상어의 골이 들어 있는 부위임을 알고 바로 그곳을 찌른 것이었다. 피가 묻어 진득거리는 두 손으로 있는 힘을 다해 믿음직스러운 작살을 그곳에 내리꽂았다. 희망은 없었지만 단호한 결의와 가차 없는 적의를 품고 내리찍었던 것이다.

상어는 한 바퀴 뒹굴었고 노인은 상어의 눈알에 이제 더 이상 생기가 없다는 것을 알아차렸다. 상어는 다시 한 번 뒤집히면서 제 몸을 두 번이나 밧줄로 감아 버렸다. 노인은 상어가 죽었다는 것을 알았지만 상어는 자신의 죽음을 인정하려 들지 않았다. 배때기를 드러내고 벌렁 뒤집힌 채 상어는 꼬리로 물을 치고 주둥이를 딸깍거리면서 마치 쾌속정처럼 파도를 가르고 앞으로 나아갔다. 꼬리로 수면을 후려칠 때마다 하얀 물보라가 일었고, 밧줄이 팽팽해지면서 바르르 떨다가 그만 뚝 끊어져 버리자 몸뚱이의 사분의 삼쯤이 물 밖으로 드러났다. 잠시 동안 상어는 수면 위에 조용히 떠 있었고, 노인은 그 모습을 지켜보았다. 이윽고 상어는 아주 천천히 물속으로 가라앉아 버렸다.

"저놈이 20킬로그램쯤은 뜯어 갔겠는걸." 노인이 큰 소리로 중얼거렸다. 내 작살이랑 밧줄도 고스란히 가져가 버리고 말았어, 하고 그는 생각했다. 내 큰 고기가 또다시 피를 흘리고 있으니 다른 상어 떼가 몰려오겠지.

노인은 몸뚱이가 뜯겨 성하지 않게 되어 버린 고기를 이제 더 이상 바라보고 싶지가 않았다. 고기가 습격을 받았을 때 마치 자신이 습격받는 듯한 느낌이 들었다.

하지만 나는 내 고기를 공격한 상어를 죽였어, 하고 노인은 생각했다. 또한 놈은 내가 지금껏 봐 온 것 중에서 가장 큰 덴투소였어. 정말이지, 지금까지 큰 상어 놈들을 많이 보아 왔지만 말이야.

좋은 일이란 오래가는 법이 없구나, 하고 그는 생각했다. 차라리 이게 한낱 꿈이었더라면 얼마나 좋을까. 이 고기는 잡은 적도 없고, 지금 이 순간 침대에 신문지를 깔고 혼자 누워 있다면 얼마나 좋을까.

"하지만 인간은 패배하도록 창조된 게 아니야." 그가 말했다. "인간은 파멸당할 수는 있을지 몰라도 패배할 수는 없어." 하지만 고기를 죽여서 정말·안됐지 뭐야, 하고 그는 생각했다. 이제부터 정말 어려운 일이 닥쳐올 텐데 난 작살조차 갖고 있지 않으니. 덴투소란 놈은 무척이나 잔인하고 힘이 센 데다가 머리도 좋지. 하지만 그놈보다야 내가 더 똑똑하지. 아냐, 어쩌면 그렇지 않을는지도 몰라, 하고 그는 생각했다. 그놈보다 어쩌면 내가 좀 더 좋은 무기를 갖추고 있을 뿐인지도 몰라.

"이보게, 늙은이, 너무 생각하지 말게. 이대로 곧장 배를 몰다가 불운이 닥치면 그때 맞서 싸우시지." 그가 큰 소리로 말했다.

하지만 난 생각을 해야 해, 하고 그는 생각했다. 내게 남아 있는 것이라고는 생각하는 일밖에 없으니까. 생각하는 일하고 야구밖에 뭐가 있는가. 그런데 저 훌륭한 디마지오 선수는 내가 상어의 골통을 내리찍은 솜씨를 어떻게 생각할까? 그야 대단한 솜씨라고는 할 수 없지만, 하고 그는 생각했다. 그 정도라면 누구라도 할 수 있으니까. 하지만 내 손이 발뒤꿈치의 뼈돌기처럼 그렇게 불리한 조건이었을까? 나로서는 알 수 없는 일이지. 헤엄을 치다가 가오리를 밟아 침에 찔려 아래쪽 다리가 마비되고 참을 수 없을 만큼 아팠던 적을 제외하고는 발에 이상이 있어 본 적이 한 번도 없었거든.

"이 늙은이야, 뭔가 좀 유쾌한 일을 생각해 봐. 이제는 시시 각각 집으로 가까이 다가가고 있지 않은가. 게다가 고기 무게가 20킬로그램이 줄어 배는 그만큼 가볍게 달리고 있고 말이야." 그가 말했다.

노인은 배가 해류 안쪽으로 들어가면 어떤 일이 일어날지 잘 알고 있었다. 그러나 지금으로서는 어떻게 할 도리가 없었다.

"아냐, 방법은 있어. 노의 손잡이에다 칼을 단단히 잡아매 놓으면 돼." 노인이 큰 소리로 말했다.

그래서 노인은 키를 겨드랑이 밑에 끼우고 발로 돛자락을 밟고 그 일을 했다.

"자, 됐어. 난 여전히 늙은이야. 하지만 전혀 무방비 상태에 있지는 않아." 그가 말했다.

미풍이 다시 불어오기 시작했고, 배는 미끄러지듯 달렸다. 고기의 앞쪽 부분만을 보고 있으려니 희망이 조금 되살아났다.

희망을 버린다는 건 어리석은 일이야, 하고 그는 생각했다. 더구나 그건 죄악이거든. 죄에 대해서는 생각하지 말자, 하고 그는 생각했다. 지금은 죄가 아니라도 생각할 문제들이 얼마든지 있으니까. 게다가 나는 죄가 뭔지 아무것도 모르고 있지 않은가.

난 죄가 뭔지 아무것도 모르고 있는 데다 죄를 믿고 있는지도 확실하지 않아. 고기를 죽이는 건 어쩌면 죄가 될지도 몰라. 설령 내가 먹고살아 가기 위해, 또 많은 사람들을 먹여 살리기 위해서 한 짓이라도 죄가 될 거야. 하지만 그렇게 되면 죄 아닌 게 없겠지. 죄에 대해서는 생각하지 말기로 하자. 그런 것을 생각하기에는 이미 때가 너무 늦었고, 또 죄에 대해 생각하는 일로 벌어먹고 사는 사람도 있으니까 말이야. 죄에 대해선 그런 사람들에게나 맡기면 돼. 고기가 고기로 태어난 것처럼 넌 어부로 태어났으니까. 산페드로*도 저 훌륭한 디마지오 선수의 아버지처럼 어부였지.

그러나 노인은 자신과 관련이 있는 일이라면 모든 걸 생각

* 성(聖) 베드로를 가리키는 스페인어. 예수 그리스도는 베드로에게 "고기를 낚는 어부가 아니라 사람을 낚는 어부가 되게 하리라."(「마태복음」 4장 19절) 하고 말한다.

하기를 좋아했다. 더구나 읽을 책도 없었고 들을 라디오도 없었기 때문에 이것저것 생각을 많이 했고, 또한 죄에 대해서도 계속 생각했다. 네가 그 고기를 죽인 것은 다만 먹고살기 위해서, 또는 식량으로 팔기 위해서만은 아니었어, 하고 그는 생각했다. 자존심 때문에, 그리고 어부이기 때문에 그 녀석을 죽인 거야. 너는 녀석이 아직 살아 있을 때도 사랑했고, 또 녀석이 죽은 뒤에도 사랑했지. 만약 네가 그놈을 사랑하고 있다면 죽여도 죄가 되지 않는 거야. 아니, 오히려 더 무거운 죄가 되는 걸까?

"이 늙은이야, 생각을 너무 많이 하는군." 그가 큰 소리로 말했다.

하지만 넌 덴투소를 죽였을 때 죽이는 걸 즐기고 있었잖아, 하고 노인은 생각했다. 그 녀석도 너처럼 산 고기를 먹고 사는 동물이야. 그놈은 다른 상어들처럼 썩은 고기를 먹는 놈도 아니고, 게걸스럽게 먹어 치우기만 하는 대식가도 아니야. 아름답고 고결하고 아무런 두려움도 모르는 놈이야.

"내가 그 녀석을 죽인 건 정당방위었어. 그리고 정당한 방식으로 죽였다고." 노인은 큰 소리로 말했다.

더구나 이 세상의 모든 것은 어떤 형태로든 다른 것들을 죽이고 있어, 하고 그는 생각했다. 고기를 잡는 일은 나를 살려 주지만, 동시에 나를 죽이기도 하지. 그 소년은 나를 살려 주고 있어, 하고 노인은 생각했다. 나 자신을 너무 속여서는 안 되지.

노인은 뱃전 밖으로 몸을 내밀고 상어한테 물어뜯긴 고기의 살점을 조금 잡아뗐다. 그 고깃점을 씹으면서 고기의 질과 맛을 음미했다. 육류처럼 단단하고 물기가 많았지만 빛깔이 붉지는 않았다. 힘줄도 없어서 시장에 내다 팔면 가장 비싼 값을 받을 수 있을 것 같았다. 그러나 바닷물 속의 피 냄새를 없앨 도리가 없었으며, 노인은 최악의 사태가 다가오고 있다는 사실을 알아차리고 있었다.

미풍이 계속 불어왔다. 바람의 방향이 북동쪽으로 조금 바뀌었지만 노인은 바람이 자지는 않을 것이라고 믿고 있었다. 멀리 앞쪽을 바라다보았지만 돛 그림자 하나, 선체 그림자 하나, 배에서 피어오르는 연기 한 줄기 보이지 않았다. 다만 이물 쪽에서 양쪽으로 이리저리 날뛰는 날치와 물에 떠다니는 누런 모자반류 해초 더미가 보일 뿐이었다. 심지어 새 한 마리조차 볼 수 없었다.

노인은 고물 쪽에서 휴식을 취하며 원기를 돋우기 위해 청새치의 살을 가끔 뜯어 씹으면서 두 시간가량 항해해 나갔다. 바로 그때 상어 두 마리 중 첫 번째 놈이 다가오는 것이 보였다.

"아!"* 노인이 큰 소리로 외쳤다. 이 외침 소리는 다른 어떤 말로도 옮겨 놓을 수 없었다. 손바닥을 뚫고 널빤지에 못이 박히는 것을 느낄 때 무의식적으로 지르는 그런 소리라고나 할까.

"'갈라노'**구나." 그는 큰 소리로 말했다. 첫 번째 상어 뒤

---

* 스페인어 감탄사 'Ay'. 화자는 이것을 다른 어떤 말로도 옮겨 놓을 수 없다고 하는데, 영어 'Ah' 또는 'Oh'에 해당한다.
** 본디 '멋지거나 용감하거나 우아한' 것을 뜻하는 스페인어이지만, 여기에서는 코가 삽 모양으로 생긴 '얼룩덜룩한' 상어를 가리킨다.

를 쫓아 바짝 따라오는 두 번째 상어의 지느러미가 보였다. 삼각형 모양의 갈색 지느러미와 빗자루로 휩쓸고 가는 듯한 꼬리의 움직임으로 보아 코가 삽처럼 생긴 상어라는 것을 알 수 있었다. 놈들은 냄새를 맡고 흥분해서 어쩔 줄 몰라 하고 있었고, 배가 너무 고파 멍청해졌는지 냄새를 놓쳤다 찾았다 하고 있었다. 그러면서 놈들은 점점 더 가까이 다가오고 있었다.

노인은 재빨리 돛줄을 붙들어 매고 키가 움직이지 않도록 단단히 고정시켰다. 그러고 나서 칼을 잡아맨 노를 집어 들었다. 두 손이 아파서 제대로 움직이지 않았기 때문에 될 수 있는 대로 살며시 그것을 들어 올렸다. 그런 뒤 노를 쥔 채 두 손의 통증을 풀어 보려고 번갈아 폈다 오므렸다 했다. 두 손의 통증에 아랑곳하지 않으려고 힘껏 손을 움켜쥐고는 상어들이 가까이 다가오는 것을 지켜보았다. 넓적하고 평평한 삽처럼 생긴 머리통이 보였고, 끄트머리가 희고 널찍한 가슴지느러미도 보였다. 언제나 지독한 악취를 내뿜는 밉살스러운 이놈들은 다른 고기들을 직접 죽여서 먹기도 하고 썩은 고기를 먹기도 한다. 배가 고프면 노도 좋고 키도 좋고 아무거나 닥치는 대로 물어뜯는다. 바다거북이 물 위에 떠서 잠자고 있을 때 다리를 잘라 먹고 달아나는 것도 바로 이놈들이다. 이놈들은 배가 고프면 피 냄새나 생선 비린내가 나지 않아도 물속에 있는 사람에게까지 덤벼든다.

"아! 갈라노 놈아, 이 갈라노 놈아, 어디 덤빌 테면 덤벼 보아라." 노인이 외쳤다.

상어들이 다가왔다. 그러나 이놈들은 마코상어처럼 덤벼들지는 않았다. 그중 한 놈이 갑자기 몸을 뒤집어 배 밑으로 자취를 감추어 버렸는데, 노인은 상어 놈이 고기를 물어뜯고 잡아당길 때 배가 흔들리는 것을 느낄 수 있었다. 다른 한 놈은 가늘게 찢어진 누런 눈깔로 노인을 빠히 쳐다보더니 잽싸게 다가와 반달 모양의 주둥이를 쩍 벌리고 이미 뜯겨 나간 살 쪽을 잽싸게 덮쳤다. 골과 척추가 연결된 갈색 머리통과 등 위의 선이 뚜렷이 드러났다. 노인은 그곳을 향해 노에 매어 놓은 칼을 푹 찌르고 난 뒤 뽑아서 이번에는 고양이 눈깔 같은 누런 눈알을 향해 다시 한 번 더 내리 찔렀다. 상어는 고기에게서 미끄러지듯 떨어져 나가며 죽으면서도 물어뜯은 살 조각을 삼키고 있었다.

또 다른 상어가 배 밑에서 고기를 물어뜯고 있었기 때문에 배는 여전히 흔들렸다. 노인이 잽싸게 돛줄을 풀어 배가 옆으로 돌자 상어가 물 밑에서 모습을 드러냈다. 상어를 보자 그는 재빨리 뱃전 밖으로 몸을 내밀어 상어에게 일격을 가했다. 그러나 상어의 몸뚱이를 쳤을 뿐 껍질이 단단하여 칼이 제대로 뚫고 들어가지 못했다. 세게 찌르는 충격으로 그의 두 손뿐만 아니라 어깨까지 아팠다. 그러나 상어는 물 밖으로 대가리를 내밀고 재빨리 다가왔고, 노인은 상어가 코를 물 밖에 내놓고 고기를 물어뜯을 때 납작한 대가리 한복판을 정통으로 찔렀다. 노인은 칼을 뽑아 다시 한 번 똑같은 부위를 찔렀다. 그러나 상어는 여전히 갈고리처럼 굽은 주둥이로 고기에 매달렸고, 그러자 이번에는 그놈의 왼쪽 눈을 칼로 푹 쑤셨다. 그래도 상어는 여전히 고기에 매달려 있었다.

"그래도 모자라느냐?" 노인은 이렇게 말하고 이번에는 척추와 골통 사이에 칼날을 내리꽂았다. 이번에는 힘이 덜 들었고, 연골이 갈라지는 것이 느껴졌다. 노인은 노를 거꾸로 잡고는 상어의 주둥이 속에다 노깃을 비틀어 넣고 아가리를 벌렸다. 노를 한 바퀴 비틀자 상어가 미끄러지듯 떨어져 나갔다. 그러자 노인은 이렇게 말했다. "잘 가거라, 갈라노 놈아. 바다 밑으로 1킬로미터 반쯤 깊숙이 가라앉아라. 가서 네 친구를 만나 보렴. 아니면 네 어미를 만나거나."

노인은 칼날을 닦고 노를 내려놓았다. 그러고는 돛줄을 찾아내 동여매었고 돛에 바람을 가득 싣고 항로를 따라 배를 달리게 했다.

"놈들이 고기 사분의 일은 뜯어 간 것 같군. 그것도 가장 좋은 부위를 말이야." 노인은 큰 소리로 말했다. "차라리 이 일이 꿈이었더라면 좋았을걸. 또 이 고기를 잡지 않았더라면 좋았을걸. 고기야, 너한테는 정말 미안하게 되었구나. 그래서 모든 게 엉망이 되어 버렸던 거야." 그는 말을 멈추었고 이제 더 이상 고기를 바라보고 싶지 않았다. 피가 빠져나가고 바닷물에 깨끗이 씻긴 고기는 거울의 뒷면처럼 은색을 띠고 있었으나 줄무늬만은 아직도 선명했다.

"고기야, 난 이렇게 멀리 나오지 말았어야 했는데. 너를 위해서나 나를 위해서나 말이다. 고기야, 미안하구나." 그가 말했다.

자, 하고 노인은 자신에게 말했다. 칼을 잘 잡아맸는지 점검해 보고, 혹 끈이 끊어진 데가 없는지 살펴봐야지. 놈들이 계속 더 몰려올 테니 손도 제대로 쓸 수 있도록 해 둬야겠어.

"칼을 갈 숫돌이 있으면 좋으련만." 노인은 노 끝 부분에 묶은 끈을 살펴보고 나서 말했다. "숫돌을 가지고 올걸 그랬어." 갖고 왔어야 할 것이 많군, 하고 그는 생각했다. 하지만 이 늙은이야, 넌 그것들을 가지고 오지 않았잖아. 지금은 갖고 오지 않은 물건을 생각할 때가 아니야. 지금 갖고 있는 물건으로 뭘 할 수 있는지 생각해 보란 말이다.

"자넨 여러 모로 좋은 충고를 해 주는군. 하지만 이젠 그것도 신물이 났어." 그가 큰 소리로 말했다.

배가 앞으로 나아갈 때 노인은 겨드랑이 밑에 키를 끼우고 물속에 두 손을 담갔다.

"마지막 놈이 얼마나 많이 뜯어 먹었는지 모르겠군." 그가 말했다. "하지만 덕분에 배는 훨씬 가벼워졌어." 그는 물어뜯긴 고기의 아랫배 부분에 대해선 생각하고 싶지 않았다. 상어가 쿵 하고 덮칠 때마다 살점이 떨어져 나갔을 테니 지금쯤 고기는 온갖 상어가 뒤쫓아 오도록 바다에 고속도로처럼 널찍한 수로를 만들어 놓고 있다는 것을 잘 알고 있었다.

이것 한 마리면 한 사람이 한겨울 내내 먹고 살 수 있을 텐데, 하고 노인은 생각했다. 그런 생각은 집어치워. 이젠 그저 휴식을 취하면서 남은 고기를 지킬 수 있도록 손이나 제대로 풀어 두도록 해. 이제 바다에는 피 냄새가 진동할 테니 내 손에서 나는 피 냄새쯤이야 아무것도 아닐 테지. 더구나 지금은 내 손의 출혈도 대단치가 않아. 또 걱정될 만한 상처도 없고. 피를 흘린 덕분에 왼손에 쥐가 나지 않는 건지도 몰라.

이제 무슨 생각을 해야 하나? 하고 노인은 생각했다. 아무 것도 없어. 아무 생각도 하지 말고 다만 다음 상어 놈들을 기다리기로 하자. 차라리 이게 꿈이라면 얼마나 좋을까, 하고 노인은 생각했다. 하지만 누가 알겠어? 일이 모두 잘 풀리게 될지도 모르잖아.

다음에 공격해 온 놈도 코가 납작한 삽상어였다. 그놈은 마치 구유에다 주둥이를 갖다 대고 있는 돼지처럼 다가왔다. 만약 돼지한테 사람 머리가 그대로 쑥 들어가 버릴 만큼 그렇게 큰 주둥이가 있다면 말이다. 노인은 상어가 고기에게 덤벼들도록 그대로 내버려 두었다가 노 끝에 매어 둔 칼로 골통을 내리 찔렀다. 그러나 상어가 구르면서 몸뚱이를 뒤로 젖히는 바람에 칼날이 딱 하고 부러졌다.

노인은 자리에 앉아서 키를 잡았다. 큼직한 상어는 처음에는 실물 크기로 보이다가 차츰 작아지더니 나중에는 아주 조그마한 점이 되어 천천히 물속으로 가라앉아 버렸는데 노인은 그 모습을 보지 않았다. 그런 광경은 언제나 노인을 사로잡았다. 그러나 지금은 거들떠보지도 않았다.

"아직 작살이 남아 있어. 하지만 별로 소용이 없을 거야. 그래도 노 두 개에 키 손잡이와 짤막한 몽둥이가 한 개 있어." 노인이 말했다.

이제 난 상어 놈들한테 완전히 지고 말았구나, 하고 노인은 생각했다. 이제 너무 늙어서 몽둥이로 상어를 때려죽일 만한 힘도 없어. 그렇지만 내게 노와 짤막한 몽둥이와 키 손잡이가 있는 한 끝까지 싸워 볼 테다.

노인은 다시 두 손을 바닷물 속에 담갔다. 벌써 오후가 저물어 가고 있었고, 바다와 하늘밖에는 아무것도 보이지 않았다. 바람은 전보다 훨씬 세차게 불고 있었고, 그래서 그는 어서 뭍이 보이기를 바랐다.

"이 늙은이야, 너는 지쳐 있단 말이야. 속속들이 지치고 만 거야." 그가 말했다.

상어 떼가 또다시 공격해 온 것은 해가 떨어지기 직전이었다.

노인은 고기가 물속에 만들어 놓은 것이 틀림없는 널찍한 수로를 따라 쫓아오고 있는 갈색 지느러미들을 보았다. 이미 그놈들은 냄새를 찾아 이리저리 헤매지도 않았다. 어깨를 나란히 하고 똑바로 배를 향해 헤엄쳐 오고 있었다.

노인은 키를 고정시키고 돛줄을 단단히 동여맨 다음 손을 뻗어 고물 밑창에서 몽둥이를 찾아냈다. 그것은 부러진 노를 60센티미터가 넘는 길이로 자른 노의 손잡이였다. 손잡이가 있어서 한 손으로도 쉽게 다룰 수 있었다. 그는 오른손으로 그것을 움켜잡고 손목을 가볍게 움직이면서 상어 떼가 다가오는 것을 지켜보았다. 두 마리 모두 갈라노 상어였다.

먼저 오는 놈이 고기를 물어뜯도록 내버려 두었다가 콧등이나 대가리를 정통으로 후려갈겨 줘야지, 하고 그는 생각했다.

상어 두 마리는 바싹 붙어서 다가왔고, 바로 옆에 온 놈이 아가리를 딱 벌리고 고기의 은빛 옆구리에 덤벼들었을 때 노인은 몽둥이를 높이 치켜들었다가 넓적한 머리통 위에 꽝 하고 힘껏 내리갈겼다. 몽둥이가 상어의 머리통에 닿을 때 단단한 고무 같은 탄력이 느껴졌다. 그러나 또한 딱딱한 뼈의 감촉도 느껴졌다. 그는 상어가 고기한테서 스르르 미끄러져 떨어지는 순간, 다시 한 번 세차게 콧등을 힘껏 후려갈겼다.

또 한 마리는 가까이 다가왔다가 멀리 떨어졌다가 하다가 입을 딱 벌리고 다시 가까이 덤벼들었다. 그놈이 고기에게 덤벼들어 덥석 물었다가 입을 다물 때 주둥이 옆으로 살점이 허옇게 떨어져 나가는 것이 보였다. 노인은 힘차게 몽둥이를 휘둘러 그놈의 골통만을 내리쳤지만 상어는 그를 한 번 흘낏 바라보고 고기의 살을 물어뜯었다. 상어가 고기를 삼키려고 뒤로 물러날 때 또다시 그놈을 향해 몽둥이를 내리쳤지만 육중하고 단단한 고무 같은 탄력만 느껴질 뿐이었다.

"갈라노 놈아, 이리 덤벼라. 어디 다시 한 번 덤벼 보아라." 노인이 소리쳤다.

상어는 와락 잽싸게 덤벼들었고, 노인은 그놈이 주둥이를 다물 때 내리쳤다. 그는 몽둥이를 되도록 높이 치켜들었다가 보기 좋게 힘껏 내리쳤다. 이번에는 상어의 골통 아래쪽 뼈에 맞는 것이 느껴졌으며, 상어가 굼뜨게 살점을 물어뜯고 고기에게서 서서히 물러날 때 또다시 같은 부위를 후려쳤다.

노인은 상어가 다시 한 번 공격해 오려니 하고 지켜보았지만 두 놈 모두 나타나지 않았다. 잠시 후 한 놈이 수면 위에서 빙글빙글 원을 그리며 헤엄치고 있는 것이 보였다. 다른 놈은 이제 지느러미조차 보이지 않았다.

놈들을 죽이는 것까지야 기대할 수 없지, 하고 노인은 생각했다. 아마 한창때 같았으면 틀림없이 죽일 수도 있었을 테지만. 하지만 두 놈 모두에게 심한 상처를 입혔으니까 성하지는 못할 거야. 두 손으로 몽둥이를 휘두를 수만 있었다면 첫 번째 놈은 확실히 죽였을 텐데. 이렇게 늙었어도 말이야, 하고 그는 생각했다.

노인은 도무지 고기를 바라볼 생각이 들지 않았다. 이미 절반은 물어뜯겨 없어졌으리라는 것을 잘 알고 있었기 때문이다. 그가 상어 떼와 싸우는 동안 해는 벌써 떨어져 버렸다.

"이제 곧 어두워지겠는걸. 그럼 이제 아바나의 불빛이 보이겠지. 혹시 너무 동쪽으로 나왔다면 새로운 해안의 불빛이 보일 테고." 그가 말했다.

이제 그다지 멀리 떨어져 있지는 않을 텐데, 하고 노인은 생각했다. 아무도 나 때문에 걱정을 하지 않았으면 좋겠는데. 물론 그 아이는 내 걱정을 하고 있을 거야. 하지만 그 아이는 확신하고 있을 거야. 늙은 어부들도 내 걱정을 할 테지. 그 밖에 다른 많은 사람도 역시 걱정하고 있겠지, 하고 노인은 생각했다. 난 정말 좋은 마을에 살고 있구나.

고기는 너무 심하게 뜯겨 있었기 때문에 노인은 이제 더 이상 고기에게 말을 걸 수가 없었다. 문득 어떤 생각이 그의 머리를 스쳐갔다.

"고기는 이제 반동강이가 되었구나. 한때는 온전한 한 마리였는데. 내가 너무 멀리까지 나왔어. 내가 우리 둘을 모두 망쳐 버렸어." 노인이 말했다. "하지만 너랑 나 둘이서 많은 상어를 죽이고 다른 고기들도 죽이지 않았느냐. 고기야, 지금까지 넌 얼마나 많이 죽였니? 대가리에 뾰족한 창날 같은 주둥이를 공연히 달고 있는 건 아니잖아."

노인은 이 고기에 대해, 만약 이 고기가 자유롭게 헤엄쳐 돌아다닐 수 있다면 상어를 상대로 어떻게 싸울까, 하고 흐뭇한 마음으로 상상해 보았다. 고기의 주둥이를 잘라 내어 그것을 갖고 상어 놈들과 싸웠더라면 좋았을 텐데, 하고 그는 생각했다. 하지만 그것을 잘라 낼 도끼도 칼도 없지 않던가.

만약 잘라 낼 수 있어 노의 손잡이에 그것을 잡아맸다면 얼마나 훌륭한 무기가 되었겠는가. 그랬더라면 우리는 함께 싸울 수가 있었을 텐데. 한밤중에 상어 놈들이 다시 공격해 오면 어떻게 하지? 어떻게 할 작정이냐고?

"놈들과 싸우는 거지. 죽을 때까지 싸울 거야." 그가 말했다.

그러나 이제 날이 어두워진 데다 하늘에 비치는 훤한 빛도, 불빛노 보이지 않았고 다만 불어오는 바람에 돛이 한결같이 팽팽해져 있을 뿐, 노인은 어쩌면 자신이 이미 죽은 몸이 아닐까 하는 느낌이 들었다. 그래서 두 손을 마주 잡고 손바닥을 만져 보았다. 손은 죽어 있지 않았고, 그래서 두 손을 폈다 오므렸다 함으로써 살아 있다는 고통을 느낄 수 있었다. 고물에 몸을 기대어 보고 자신이 죽지 않았다는 것을 알았다. 어깨가 그렇게 말해 주었던 것이다.

만약 이 고기를 잡으면 기도를 하겠다고 약속했었지, 하고 그는 생각했다. 하지만 지금은 너무 지쳐서 기도를 드릴 수 없어. 부대를 가져다가 어깨를 덮는 게 좋겠어.

노인은 고물 쪽에 누워서 키를 잡고 하늘에 훤한 불빛이 비쳐 오기만을 기다렸다. 고기는 반밖에 남지 않았군, 하고 그는 생각했다. 운이 있으면, 어쩌면 앞쪽 반만이라도 가져갈 수 있겠지. 내게도 조금쯤은 운이 남아 있어야 할 게 아닌가. 그럴 리 없어, 하고 그는 말했다. 너무 멀리까지 나왔을 때 너는 이미 운수를 망쳐 버리고 만 거야.

"바보 같은 생각은 이제 그만하시지. 정신 똑바로 차리고 키나 잡아. 이제부터라도 행운이 찾아올지 어떻게 알아." 그가 큰 소리로 말했다.

"행운을 파는 곳이 있다면 조금 사고 싶군." 그가 말했다.

하지만 뭣으로 사지? 그는 자신에게 물어보았다. 잃어버린 작살과 부러진 칼과 부상당한 이 손으로 그걸 살 수 있을까?

"어쩌면 살 수 있을지도 몰라. 넌 바다에서 보낸 여든 날하고도 나홀로 그것을 사려고 했어. 상대방도 네게 그걸 거의 팔아 줄 듯했잖아." 그가 말했다.

쓸데없는 생각은 하지 말자, 하고 노인은 생각했다. 행운의 여신이란 여러 모습으로 나타나는 법인데 누가 그것을 알아본단 말인가? 어쨌든 어떤 모습의 행운이라도 얼마쯤 손에 넣고 그것이 요구하는 대로 값을 치를 테야. 하늘에 훤한 불빛이 나타나면 좋을 텐데, 하고 그는 생각했다. 나는 바라는 게 너무 많구나. 하지만 지금 당장 절실히 바라는 건 그 훤한 불빛을 바라보는 거야. 그는 더 편한 자세로 앉아 키를 잡으면서 몸의 통증 때문에 자신이 죽지 않았다는 것을 느끼고 있었다.

밤 10시쯤 되었으리라고 생각될 무렵, 아바나 시의 불빛이 하늘에 훤히 반사되는 것이 보였다. 처음에는 달이 뜨기 전의 하늘처럼 겨우 알아볼 수 있을 정도로 어렴풋할 뿐이었다. 그러다가 때마침 바람이 거세게 불어오자 거칠어진 바다 너머로 이제는 불빛이 흔들리지 않고 뚜렷이 보였다. 그는 불빛이 비치는 안쪽을 향해 배를 돌리고 이제 곧 멕시코 만류의 가장자리로 틀림없이 들어갈 것이라고 생각했다.

이제 싸움은 끝났어, 하고 그는 생각했다. 어쩌면 상어 떼가 다시 공격해 올지도 모르지. 하지만 이렇게 캄캄한 어둠 속에서 무기도 없이 상어를 상대로 어떻게 싸울 수 있단 말인가?

노인의 몸은 뻣뻣해지면서 아파 왔고, 밤의 냉기 때문에 상처가 난 곳과 긴장했던 몸 부위가 욱신거리며 쑤셨다. 더 이상 싸우지 않으면 좋으련만, 하고 그는 생각했다. 제발 또다시 싸우지 않아도 된다면 오죽이나 좋을까.

그러나 자정 무렵 노인은 다시 한 번 싸우게 되었고, 이번에는 그것이 승산 없는 싸움이라는 것을 알았다. 상어는 떼를 지어 몰려왔고, 그의 눈에는 상어의 지느러미가 수면에 길게 만들어 내는 줄과 상어가 고기에게 덤벼들 때의 인광이 보일 뿐이었다. 그는 상어의 대갈통을 몽둥이로 마구 후려쳤으며, 상어 주둥이가 부서지는 소리를 들었고, 상어가 배 밑으로 들어갈 때 배가 흔들거리는 것을 느꼈다. 그는 이렇게 느낌과 소리에 의지해 필사적으로 몽둥이를 휘둘러 댔다. 그러나 뭔가가 몽둥이를 잡는 것이 느껴지는 순간 몽둥이마저 어디론가 사라져 버리고 말았다.

노인은 키에서 손잡이를 잡아 빼어 두 손으로 움켜쥐고 닥치는 대로 마구 후려갈겼다. 그러나 상어 떼는 이제 이물 쪽으로 몰려가서 한 놈씩 번갈아, 또는 한꺼번에 덤벼들어 고기를 물어뜯었다. 상어 떼가 다시 한 번 덤벼들려고 되돌아올 때 물어뜯긴 고기 살점이 바다 아래에서 밝은 빛을 내뿜고 있었다.

마침내 한 마리가 마지막으로 고기의 머리를 향해 돌진해 오자 노인은 이제 모든 것이 끝장났다는 사실을 알았다. 그는 잘 뜯기지 않는 육중한 고기 대가리를 물고 있는 상어 대가리를 향해 손잡이를 내리쳤다. 한 번, 또 한 번, 그리고 다시 한 번 상어의 골통을 계속 내리갈겼다. 손잡이가 부러지는 소리가 들렸지만 조각난 끝으로 힘껏 상어를 찔렀다. 살을 뚫고 들어가는 것이 느껴졌고, 부러진 손잡이의 끝이 뾰족하다는 것을 알아차린 그는 그것을 다시 한 번 깊숙이 찔러 박았다. 그러자 상어는 물었던 살점을 놓고 나뒹굴며 물러갔다. 그놈이 몰려들었던 상어 떼의 마지막 놈이었다. 뜯어 먹을 고기도 이제는 남아 있지 않았다.

노인은 이제 거의 숨을 쉴 수 없을 정도였고, 입속에 이상한 맛이 감돌았다. 구리 같은 들척지근한 맛이 느껴진 순간 노인은 덜컥 겁이 났다. 그러나 그렇게 심한 것은 아니었다.

노인은 바다에 침을 뱉으며 말했다. "이거나 처먹어라, 이 갈라노 놈아. 그리고 사람 죽인 꿈이나 꾸어라."

그는 이제 마침내 돌이킬 수 없을 정도로 완전히 녹초가 되고 말았다는 사실을 깨달았다. 고물 쪽으로 기어가 보니 톱니 모양으로 부러진 키 손잡이의 토막이 키 구멍에 잘 들어가 그런대로 충분히 방향을 잡을 수 있었다. 그는 부대를 어깨 위에 걸치고 배의 진로를 잡았다. 이제 배는 바다 위를 가볍게 미끄러지듯 달렸다. 그에게는 아무런 생각도 아무런 감정도 떠오르지 않았다. 노인은 모든 것을 초월한 채 가능한 한 배를 요령 있게 다루어 무사히 항구에 도착할 수 있도록 몰았다. 누군가 식탁에서 음식 부스러기를 주워 먹기라도 하듯 한밤중에도 상어 떼가 고기 잔해에 덤벼들었다. 그러나 노인은 상어 떼에 대해서는 전혀 관심을 두지 않고 오직 키 잡는 일에만 집중했다. 뱃전에 달린 무거운 짐이 없어진 배가 얼마나 가볍고도 순조롭게 바다 위를 미끄러지듯 달리는지만 느낄 뿐이었다.

배에는 이상이 없구나, 하고 그는 생각했다. 키 손잡이 말고는 전혀 피해가 없어. 손잡이 같은 거야 쉽게 갈아 끼울 수 있지.

노인은 이제 배가 해류 안으로 들어온 것을 느낄 수 있었고, 해안을 따라 있는 마을의 불빛이 보였다. 배가 어디쯤 와 있는지 알았기에 이제 항구로 돌아가는 것은 누워서 떡 먹기였다.

뭐니 뭐니 해도 바람은 우리의 친구니까, 하고 그는 생각했다. 때에 따라서 말이지, 하고 그는 단서를 붙였다. 그리고 거대한 바다, 그곳에는 우리의 친구도 있고 적도 있지. 그리고 참, 침대는, 하고 그는 생각했다. 침대는 내 친구거든. 침대 말이야, 하고 그는 생각했다. 침대란 참 좋은 물건이지. 녹초가 되었을 때 그렇게도 편안하게 해 주지, 하고 그는 생각했다. 침대가 얼마나 편안한 물건인지 예전엔 미처 몰랐었지. 한데 너를 이토록 녹초가 되게 만든 것은 도대체 뭐란 말이냐, 하고 그는 생각했다.

"아무것도 없어. 다만 너는 너무 멀리 나갔을 뿐이야." 그는 큰 소리로 말했다.

노인이 조그마한 항구 안으로 들어갔을 때, '테라스'의 불이 꺼져 있었기 때문에 다들 잠을 자고 있다는 것을 알 수 있었다. 산들바람이 꾸준히 불더니 지금은 점점 거세지고 있었다. 그러나 항구 안은 조용했고, 그는 바위 아래 조그마한 자갈밭에 배를 댔다. 도와주는 사람이 아무도 없었지만 노인은 될 수 있는 대로 배를 뭍 깊숙한 곳까지 바싹 끌어올렸다. 그러고 나서 배에서 내려 배를 바위에 단단히 붙들어 맸다.

노인은 돛대를 빼내고 돛을 감아서 묶었다. 그러고 나서 돛대를 어깨 위에 걸머메고 언덕길을 오르기 시작했다. 그제야 비로소 그는 자신이 얼마나 녹초가 되었는지 깨달을 수 있었다. 잠깐 발걸음을 멈추고 뒤를 돌아보니 가로등 불빛에 고기의 커다란 꼬리가 조각배의 고물 뒤쪽에 꼿꼿이 서 있는 것이 보였다. 그리고 허옇게 드러난 등뼈의 선과 뾰족한 주둥이가 달린 시커먼 머리통, 그리고 그 사이가 모조리 앙상하게 텅 비어 있는 것이 보였다.

노인은 다시 언덕길을 오르기 시작했고, 언덕 꼭대기에 이르렀을 때 그만 넘어져 돛대를 어깨에 걸머멘 채 한참 동안 누워 있었다. 일어나려고 애썼지만 너무 힘이 들었다. 그래서 가까스로 돛대를 어깨에 멘 채 앉아 길 쪽을 바라보았다. 마침 길 저쪽으로 고양이 한 마리가 오줌을 누려고 지나가고 있었고, 노인은 고양이를 물끄러미 바라보았다. 그러고는 다시 길 쪽을 물끄러미 바라다보았다.

마침내 노인은 돛대를 내려놓고 자리에서 일어섰다. 그리고 다시 돛대를 집어 어깨에 메고 길 위쪽으로 올라가기 시작했다. 오두막집에 도착할 때까지 노인은 다섯 번이나 쉬어야 했다.

오두막집에 들어간 노인은 돛대를 벽에 기대어 세웠다. 어둠 속에서 물병을 찾아 물을 한 모금 마셨다. 그러고는 침대에 벌렁 드러누웠다. 담요를 어깨와 등과 다리까지 덮고 두 팔을 쭉 뻗고 손바닥을 위로 펼친 채 신문지에 얼굴을 파묻고 잠이 들었다.

이튿날 아침에 소년이 오두막집 문 안을 들여다보았을 때 노인은 잠을 자고 있었다. 그날은 바람이 몹시 사납게 불어서 유망어선(流網漁船)이 바다에 나갈 수 없었기 때문에 소년은 늦잠을 자고 일어나 아침마다 그랬듯이 노인의 오두막집에 와 본 것이었다. 소년은 노인이 숨을 쉬고 있는지 확인하고 나서 노인의 두 손을 보더니 울기 시작했다. 그리고 커피를 가져오려고 조용히 오두막집을 빠져나와 길을 따라 내려가면서도 줄곧 엉엉 울었다.

많은 어부들이 조각배 주위에 모여 서서 뱃전에 매달려 있는 것을 구경하고 있었다. 한 어부는 바지를 걷어 올리고 물속으로 들어가 낚싯줄로 고기 잔해의 길이를 재고 있었다.

소년은 그곳으로 내려가지 않았다. 벌써 가 보았던 것이다. 어부 하나가 소년을 대신해 배를 살펴보고 있었다.

"노인은 좀 어떠시냐?" 어느 어부가 큰 소리로 물었다.

"주무시고 계세요." 소년이 큰 소리로 대답했다. 자기가 울고 있는 것을 어부들이 바라보고 있었지만 소년은 개의치 않았다. "그분을 깨우지 않는 게 좋겠어요."

"코끝에서 꼬리까지 무려 5.5미터나 되는군." 고기의 길이를 재던 어부가 소리를 질렀다.

"그렇게 될 거예요." 소년이 말했다.

소년은 '테라스'로 들어가서 커피 한 잔을 주문했다.

"뜨겁게 해 주세요. 우유랑 설탕도 듬뿍 넣어 주시고요."

"그 밖에 더 필요한 건 없니?"

"네, 없어요. 나중에 할아버지가 뭘 잡수실지 알아볼게요."

"정말 굉장한 고기더구나. 저렇게 큰 놈은 난생처음 보았다니까. 어제 네가 잡은 두 마리도 꽤 좋은 놈이었다만." 주인이 말했다.

"제가 잡은 고기, 그까짓 거야, 뭐." 소년은 이렇게 말하고 또다시 울기 시작했다.

"너도 뭐 좀 마실래?" 주인이 물었다.

"아뇨. 산티아고 할아버지를 귀찮게 하지 말라고 일러 주세요. 전 그만 돌아가 봐야겠어요." 소년은 대답했다.

"내가 마음 아파하더라고 전해 다오."

"고맙습니다." 소년이 대답했다.

소년은 뜨거운 커피가 든 깡통을 들고 노인의 오두막집으로 가서 노인이 잠을 깰 때까지 곁에 앉아 있었다. 노인은 한번 깰 것 같은 기척을 보였다. 그러나 다시 깊은 잠에 빠졌고, 소년은 길 건너편으로 가서 커피를 따뜻하게 데울 나무를 빌려 왔다.

마침내 노인이 잠에서 깨어났다.

"일어나지 마세요." 소년이 말했다. "이걸 드세요." 소년은 유리잔에 커피를 조금 따랐다.

노인은 그것을 받아 마셨다.

"그놈들한테 내가 졌어, 마놀린. 놈들한테 내가 완전히 지고 만 거야." 노인이 말했다.

"할아버지가 고기한테 지신 게 아니에요. 고기한테 지신 게 아니라고요."

"그렇지. 정말 그래. 내가 진 건 그 뒤였어."

"페드리코* 아저씨가 배와 어구를 손질하고 있어요. 고기 대가리는 어떻게 하실 거예요?"

"페드리코더러 잘라서 고기 잡는 덫으로나 쓰라고 하지."

"그 창날 같은 주둥이는요?"

"갖고 싶기든 네가 가지렴."

"제가 갖고 싶어요. 이제 우리는 다른 일에 대해서 계획을 세워야 해요." 소년이 말했다.

"사람들이 나를 찾았니?"

"물론이죠. 해안 경비대랑 비행기까지 동원됐어요."

"바다는 엄청나게 넓고 배는 작으니 찾아내기가 여간 어렵지 않았을 테지." 노인이 말했다. 그는 자기 자신과 바다가 아닌, 이렇게 말 상대가 될 누군가가 있다는 게 얼마나 반가운지 새삼 느꼈다. "네가 보고 싶었단다. 그런데 넌 뭘 잡았니?" 노인이 물었다.

"첫날에는 한 마리 잡았고요, 이튿날에도 한 마리, 그리고

_____

* '베드로'를 뜻하는 스페인어.

셋째 날엔 두 마리나 잡았어요."

"아주 잘했구나."

"이젠 할아버지하고 같이 나가서 잡기로 해요."

"그건 안 돼. 내겐 운이 없어. 운이 다했거든."

"그런 소리 하지 마세요. 운은 제가 갖고 가면 되잖아요."
소년이 대꾸했다.

"네 가족들이 뭐라고 하지 않을까?"

"상관없어요. 어제도 두 마리나 잡았는걸요. 하지만 전 아직
도 배울 게 많으니까, 이제부턴 할아버지와 함께 나갈래요."

"잘 드는 도살용 창을 하나 구해서 고기잡이 나갈 때 늘 배
에 갖고 다녀야겠더라. 낡은 포드 자동차의 판용수철로 창날
을 만들 수 있을 거야. 과나바코아*에 가서 갈아 오면 될 거고.
불에 달구지 않아서 부러지기는 쉽겠지만 날카롭기는 할걸.
내 칼은 부러지고 말았어."

"제가 어디서 칼을 하나 구해 올게요. 용수철도 갈아 오고
요. 이 브리사 바람이 며칠이나 계속될까요?"

"아마 사흘은 불걸. 어쩌면 그 이상 불지도 모르지."

"제가 뭐든 준비해 놓을게요. 할아버지는 손이나 어서 치료
하도록 하세요." 소년이 말했다.

"이걸 낫게 하는 법은 잘 알고 있단다. 한데 말이다, 밤중에
내가 이상한 것을 뱉어 냈는데 가슴속에서 뭔가 찢어지는 것

---

* 아바나 만 근처에 있는 쿠바의 도시로 유럽인들이 가장 먼저 정착한 곳이
다. 오늘날에는 아바나의 일부로 편입되어 있다.

같은 기분이 들더구나."

"그것도 빨리 치료하시고요. 자, 어서 자리에 누우세요, 할아버지. 깨끗한 셔츠를 갖다 드릴게요. 그리고 뭔가 잡수실 것도요." 소년이 말했다.

"내가 없던 동안에 온 신문이 있거든 좀 가져다주렴." 노인이 말했다.

"얼른 나으셔야 해요. 전 아직 할아버지한테 배울 게 너무 많으니까요. 또 할아버지는 제게 모든 걸 가르쳐 주셔야 해요. 대체 얼마나 고생하신 거예요?"

"많이 했지." 노인이 대답했다.

"그럼 드실 것이랑 신문을 가져올게요." 소년이 말했다. "푹 쉬세요, 할아버지. 약국에서 손에 바를 약도 사 올게요."

"페드리코한테 고기 대가리를 주는 걸 잊지 마라."

"네, 잘 기억하고 있을게요."

소년은 문밖으로 나와 발길에 닳고 닳은 산호초 길을 따라 걸어 내려가면서 또 엉엉 울었다.

그날 오후 '테라스'에는 관광객 일행이 찾아왔다. 빈 맥주 깡통과 죽은 꼬치고기 사이로 바다를 내려다보고 있던 한 여자가 문득 끄트머리에 거대한 꼬리가 달린 길고 엄청난 흰 등뼈를 발견했다. 동풍이 항구 밖에서 줄곧 거센 파도를 일으키며 불고 있는 동안 그 등뼈는 수면 위에 모습을 드러낸 채 해류에 휩쓸려 흔들리고 있었다.

"저게 뭐죠?" 여자가 웨이터에게 물으면서 이제 해류를 타고 바다로 밀려 나가기를 기다리는 쓰레기에 지나지 않는 그

엄청나게 큰 고기의 길쭉한 등뼈를 손으로 가리켰다.

"티부론*이죠. 상어랍니다." 웨이터가 대답했다. 그러면서 그는 사건의 경위를 설명하려고 애를 썼다.

"상어가 저토록 잘생기고 멋진 꼬리를 달고 있는 줄은 미처 몰랐어요."

"나도 몰랐는걸." 여자와 동행인 남자가 말했다.

길 위쪽의 오두막집에서 노인은 다시금 잠이 들어 있었다. 얼굴을 파묻고 엎드려 여전히 잠을 자고 있었고, 소년이 곁에 앉아서 그를 지켜보고 있었다. 노인은 사자 꿈을 꾸고 있었다.

---

* '상어'를 뜻하는 스페인어.

작품 해설

　백조는 일생 동안 울지 않다가 죽기 직전에 단 한 번 아름다운 소리를 내어 울고 죽는다는 전설이 있다. 그래서 흔히 예술가들의 마지막 작품을 '백조의 노래'라고 일컫는다. 『노인과 바다』(1952)는 미국의 소설가 어니스트 헤밍웨이가 남긴 백조의 노래이다. 이 소설은 1961년 7월 그가 미국 아이다호 주 케첨에서 엽총으로 자살하기 전 출간한 마지막 작품이기 때문이다. 물론 헤밍웨이가 사망한 뒤에도 『해류 속의 섬들』(1970), 『에덴동산』(1986), 『여명의 진실』(1999) 같은 몇몇 유작이 잇달아 출간되기도 했지만 『노인과 바다』는 그가 생존해 있을 시절 맨 마지막으로 출간한 작품이다. 마지막 작품이라는 점으로 보나, 훌륭한 작품이라는 점으로 보나 이 소설은 가히 헤밍웨이 문학 세계를 장식하는 최후의 걸작이라고 할 수 있다.

『노인과 바다』는 헤밍웨이가 그 이전에 출간한 작품들과 여러모로 차이가 있으면서도 비슷한 점 또한 적지 않다. 그는 이 작품에 이르러 처음으로 쿠바와 걸프 해안을 중요한 지리적 배경으로 삼는다. 그때까지 헤밍웨이는 주로 프랑스와 스페인 그리고 이탈리아 같은 유럽을 주요 공간 배경으로 삼았을 뿐 아메리카 대륙을 배경으로 삼은 적이 별로 없었다. 1930년대 미국 역사에서 유례를 찾아보기 힘든 경제 대공황을 맞아 사회주의로부터 한 차례 세례를 받고 『유산자와 무산자』(1937)를 쓰면서 플로리다 주 키웨스트와 쿠바를 지리적 배경으로 삼았을 뿐이다. 헤밍웨이는 두 번째 아내 폴린 파이퍼와 별거하고 마서 겔혼과 재혼한 1940년부터 아예 쿠바로 이주해 '전망 좋은 농장'이라는 뜻의 '핑카 비히아'에서 20여 년 가까이 살았다. 『노인과 바다』는 바로 쿠바에 살면서 이 근처 멕시코 만을 배경으로 쓴 작품이다.

또한 『노인과 바다』는 작품의 소재도 이전의 작품들과는 적잖이 다르다. 헤밍웨이는 그동안 주로 제1차 세계대전이나 스페인 내란 같은 전쟁을 비롯해 투우나 사파리 같은 사냥을 작품의 소재로 다루기 일쑤였다. 그러나 이 작품에서 그는 바다낚시를 핵심적인 소재로 삼는다. 물론 일찍이 『태양은 다시 떠오른다』(1926) 같은 장편소설과 「두 심장이 달린 큰 강」(1925)을 비롯한 단편소설에서 강이나 호수에서 하는 민물낚시를 다루었지만 멕시코 만과 카리브 해 같은 바다에서 하는 낚시는 좀처럼 다룬 적이 없었다. 『노인과 바다』에서 헤밍웨이는 처음으로 드넓은 멕시코 만을 배경으로 거대한 청새치와 벌이는 서사시적 투쟁을 중심 플롯으로 다룬다.

한편 『노인과 바다』는 헤밍웨이가 그 이전에 출간한 작품들과 비슷한 점도 많다. 가령 작중인물이나 주제가 그러하고, 스타일이나 형식 면에서도 그러하다. 이 작품에서도 그는 여전히 이른바 '코드 히어로(code hero)', 즉 헤밍웨이 특유의 규범적 주인공을 다룬다. 다시 말해서 이 작품에 등장하는 주인공도 F. 스콧 피츠제럴드나 윌리엄 포크너 같은 동시대 작가들의 작품에서는 좀처럼 만날 수 없고 오직 헤밍웨이 작품에서만 만날 수 있는 독특한 작중인물에 속한다. 또한 그가 지금까지 관심을 기울여 온 동일한 주제 혹은 그것을 조금 변주한 주제를 다룬다는 점에서 이전의 작품들과 그렇게 동떨어져 있지 않다. 그런가 하면 문체에서도 강건체라고 할 '하드보일드 스타일'을 그대로 구사할 뿐만 아니라 오히려 그것을 한 단계 더 밀고 나가 발전시킨다. 한마디로 『노인과 바다』는 헤밍웨이 문학 세계에서 아주 핵심적인 위치를 차지하고 있다.

1

어니스트 헤밍웨이가 『노인과 바다』를 집필하기 시작한 것은 1951년 초엽으로 쿠바의 수도 아바나 근처에 살고 있을 무렵이었다. 그해 4월 말 초고를 마친 그는 1952년 3월에 뉴욕의 찰스 스크리브너 출판사에 원고를 넘겼다. 이 작품은 1952년 9월 1일자 시사 주간지 《라이프》 특별호에 전재되는데, 잡지가 발행되자마자 이틀 만에 무려 530만 부가 팔려 나갈 정도로 무척 큰 인기를 끌었다. 그로부터 일주일 뒤 단행본으로 출간된 이 작품은 출간되자마자 독자들의 큰 관심을 받았다. 초판 1쇄에 5만 부를 찍었고, 여섯 달에 걸쳐 베스트셀러 목록에 올랐다. '북오브더먼스 클럽'의 도서로 선정되는가 하면 1953년 5월 소설 부문 퓰리처상을 받았으며, 같은 해 미국예술원으로부터 소설 부문 우수상을 받기도 했다. 이 작품은 1954년 마침내 헤밍웨이가 미국 작가로서는 다섯 번째로 노벨 문학상을 받는 데도 크게 이바지했다. 물론 노벨 문학상은 한 작가의 예술이 인류에 끼친 업적을 기려 수여하는 공로상일 뿐 개별적인 작품에 수여하는 상은 아니다. 그런데도 스웨덴의 노벨상 위원회는 이 작품을 언급하면서 "가장 최근 『노인과 바다』에서 이룩한 내러티브 예술의 놀라운 경지와 현대 문체에 끼친 그의 영향"을 높이 평가하여 문학상을 수여한다고 밝혔다. 이 작품이 문학적으로나 상업적으로나 크게 성공을 거두면서 헤밍웨이는 미국 문단은 말할 것도 없고 전 세계 문단에서 명실공히 뛰어난 작가로 인정받게 되었던 것이다.

그러나 헤밍웨이가 『노인과 바다』를 구상하기 시작한 것은 이 소설을 출간하기 15년 전으로 거슬러 올라간다. 1936년 4월 그는 남성 전문 월간 잡지 《에스콰이어》에 「푸른 파도 위에서」라는 산문을 발표했다. '멕시코 만류에서 보낸 편지'라는 부제에서도 엿볼 수 있듯이 이 무렵 헤밍웨이는 드넓은 바다에서 펼쳐지는 심해 낚시를 소재로 한 작품을 구상하고 있었다. 이 작품에서는 어느 쿠바 어부가 멕시코 만 멀리 고기잡이를 나갔다가 사투를 벌인 끝에 몇백 킬로그램 나가는 청새치를 잡는다. 그러나 항구로 돌아오는 도중 청새치는 그만 상어 떼에게 빼앗기고, 어부는 거의 정신착란 상태가 되어 항구 근처에서 다른 어부에게 발견된다. 200개 남짓한 어휘로 쓰인 이 산문은 항구에 도착하고 난 뒤의 청새치처럼 뼈만 앙상할 뿐 이렇다 할 내용이 없다.

그러나 이 산문이 뒷날 헤밍웨이가 『노인과 바다』라는 작품의 집을 짓는 데 주춧돌이 되었음은 두말할 나위가 없다. 기본 뼈대에서 이 두 작품은 서로 적잖이 닮아 있다. 「푸른 파도 위에서」가 헤밍웨이의 낚시 친구이자 보트 '필라'호의 키잡이 어부 그레고리오 푸엔테스의 실제 경험을 그린 논픽션이라면, 『노인과 바다』는 어디까지나 산티아고라는 허구적 인물을 등장시킨 소설이다. 다시 말해서 헤밍웨이는 논픽션 작품에 살을 붙이고 피를 통하게 하여 마침내 『노인과 바다』라는 예술 작품을 탄생시켰다. 본디 그는 이 작품을 뒷날 유작으로 출간된 『해류 속의 섬들』의 결말 부분으로 사용할 계획이었다. 「푸른 파도 위에서」와 『노인과 바다』 사이에는 그야말로 양자적 도약이 일어났다고 할 만하다. 이 두 작품을 비교해 보면 문학 작품이란 무엇을 말하느냐 하는 것보다 어떻게 말하느냐 하는 것이 훨씬 더 중요하다는 사실을 새삼 깨닫게 된다.

헤밍웨이가 1952년에 『노인과 바다』를 출간한 것은 그의 문학적 생애에서는 아주 획기적인 일이었다. 스페인 내란을 소재로 한 『누구를 위하여 좋은 울리나』(1940)를 출간한 뒤 그는 10여 년 동안 긴 침묵을 지킨 채 이렇다 할 작품을 내놓지 못하고 있었다. 물론 10년 뒤 『강을 건너 숲속으로』(1950)라는 장편소설을 출간했지만 비평가들과 독자들의 반응은 여간 냉담하지 않았다. 비평가들과 독자들은 이 작품을 자기 풍자에 탐닉하고 있는 완전한 실패작이라고 평가했다. 그래서 비평가들과 학자들 사이에서는 마침내 헤밍웨이의 창작 에너지가 이제 모두 소진된 것이 아닌가 하는 생각이 널리 퍼져 있었다. 몇몇 비평가들은 "파파(이 무렵 헤밍웨이의 별명)의 시대는 이제 막을 내렸다."라고 공공연하게 선언할 정도였다.

물론 『강을 건너 숲속으로』에 대한 헤밍웨이 자신의 평가는 이와는 전혀 달랐다. 그는 이 작품이야말로 자신이 지금껏 출간한 작품 중에서 가장 뛰어난 작품이라고 항변했다. 그러나 아무도 그의 말에 귀를 기울이지 않았다. 작가들은 흔히 자신의 작품 가운데 별로 주목받지 못한 작품을 가장 훌륭한 작품이라고 말하곤 한다. 작가는 흔히 무의식에서 작품을 창작하기 때문에 자신의 작품에 대해 그릇된 평가를 내리기 쉽다. 또 작품을 쓰면서 가장 힘들었던 탓에 기억에 남는 작품을 뛰어난 작품이라고 말하는 경우도 있다. 그런가 하면 비평가들의 주의를 환기시킬 뿐만 아니라 더 나아가 부진한 판매 부수를 올리려는 상업적 이유 때문에 그렇게 말하는 작가들도 얼마든지 있다. 헤밍웨이의 경우에도 자기 판단이 빗나갔다.

이렇게 『노인과 바다』는 헤밍웨이가 작가로서 거의 사형 선고를 받은 것과 다름없는 상황에서 나온 작품이었기에 그에게는 더욱더 각별한 의미가 있었다. 이 작품은 마치 잿더미를 헤치고 나온 불사조처럼 그의 창작력이 여전히 건재하다는 사실을 입증해 준 작품이기 때문이다. 헤밍웨이가 『노인과 바다』에 깊은 관심을 기울이고 있었다는 것은 그가 이 소설을 출간한 출판사 사장 찰스 스크리브너에게 보낸 편지에서도 엿볼 수 있다. 헤밍웨이는 1951년 10월 그에게 보낸 어느 편지에서 "이 소설은 내가 평생 동안 작업해 온 산문 작품입니다. 쉽고도 단순하게 읽힐 수 있고 길이가 짧은 것 같지만 가시적 세계와 인간 영혼 세계의 모든 차원을 담고 있습니다. 지금 현재로서 제가 쓸 수 있는 가장 훌륭한 작품입니다."라고 말한다. 그런데 이 말에는 그가 『강을 건너 숲속으로』를 두고 언급한 것과는 전혀 다른 진실이 담겨 있다. 『노인과 바다』를 좀 더 꼼꼼히 읽어 보면 이 말을 액면 그대로 받아들여도 크게 무리가 없다는 사실을 알게 된다.

『노인과 바다』는 출간되자마자 비평가들과 동료 작가들 그리고 일반 독자들에게서 폭넓게 찬사를 받았다. 가령 같은 시기에 활약한 미국 작가 윌리엄 포크너는 "시간이 지나면 우리 시대 작가가 쓴 작품 중에서 아마 가장 훌륭한 작품으로 인정받게 될 것이다."라고 말하면서 이 작품을 높이 평가했다. 헤밍웨이 연구가 필립 영은 "헤밍웨이가 말해야 했던 것을 바랄 수 있는 한 가장 효과적으로 말한, 가장 훌륭한 단 한 편의 작품"이라고 찬사를 아끼지 않았다. 그러나 1960년대에 들어오면서 이 작품에 대한 평가도 조금씩 달라지기 시작했다. 출간 당시의 찬사에서 벗어나 좀 더 객관적으로 평가하려는 분위기가 감돌았다. 이렇게 평가가 달라진 데는 문학적 경향이 달라진 이유도 있을 것이고, 독자들의 취향이 달라진 탓도 있을 것이다.

　『노인과 바다』를 비판하기 시작한 비평가들은 주로 사실주의 계열에 속한 사람들이었다. 그들은 그동안 헤밍웨이가 사실주의 전통에서 작품을 써 온 것과는 달리 이 작품에서는 현실에서 동떨어진 비현실적인 경험을 묘사하고 있을뿐더러 자못 감상적인 점이 적지 않다고 지적한다. 예를 들어 로버트 위크스 같은 비평가는 주인공 산티아고가 망망대해에서 혼자 사흘에 걸쳐 몇백 킬로그램이 넘는 청새치와 사투를 벌이는 것은 실제 현실과는 거리가 멀다고 지적한다. 산티아고 같은 노인은 말할 것도 없고 심지어 혈기 왕성한 젊은 어부도 감당하기 어려운 작업이라는 것이다. 또한 헤밍웨이가 기술하는 내용이 객관적 사실에 비추어 볼 때 정확하지 않다는 점을 들어 비판하는 비평가들도 있다. 가령 헤밍웨이는 마코상어에 대해 "이중으로 된 입술 안쪽에는 이빨 여덟 줄이 안쪽으로 비스듬히 박혀 있었다. 대부분의 상어처럼 피라미드 모양의 이빨이 아니었다."라고 묘사했다. 그러나 마코상어가 아무리 힘이 세고 위협적인 동물이라고 해도 이빨이 여덟 줄 박혀 있다고 말하는 것은 어불성설이라는 것이다.

　이러한 사정은 리겔성(星)에 관한 언급에서도 다르지 않다. 작품에서 헤밍웨이는 "첫 별들이 나타났다. 그는 '리겔'성이라는 이름은 알지 못했지만 그 별을 보고 곧 뭇 별들이 떠오를 것도 알고 있었다." 하고 말한다. 그러나 오리온 별자리에 속하는 리겔성은 날이 어두워지면서 제일 먼저 나타나는 별이 아니다. 그런가 하면 헤밍웨이가 이 작품에서 가끔 사용하는 스페인어도 쿠바인들이 일상생활에서 사용하는 자연스러운 구어라기보다는 지나치게 자역(字譯)이나 음역(音譯)한 것이라고 지적하는 비평가들도 있다.

2

『노인과 바다』에 등장하는 주인공 산티아고는 헤밍웨이의 다른 작품에 등장하는 어린 소년 닉 애덤스(『우리 시대에』)가 제이크 반스(『태양은 다시 떠오른다』)나 프레더릭 헨리(『무기여 잘 있어라』) 또는 로버트 조던(『누구를 위하여 종은 울리나』)으로 성장한 뒤 어느덧 노년기를 맞이한 것으로 보아도 크게 틀리지 않다. 최근 『노인과 바다』의 주인공 산티아고에 대해 어느 비평가가 본디 쿠바에서 태어난 사람이 아니라 스페인에서 이민 온 사람이라는 주장을 제기해 눈길을 끌었다. 그는 이러한 주장을 펴는 근거로 헤밍웨이가 앞에서 잠깐 언급한 실제 인물 그레고리오 푸엔테스를 모델로 삼아 산티아고를 창조했다는 점을 든다. 푸엔테스는 본디 아프리카 서쪽에 있는 스페인령 섬 카나리아 제도에서 태어나 쿠바로 이민 왔다는 것이다. 아마 산티아고가 꿈을 꿀 때 "섬들의 하얀 봉우리들이 바다 위에 우뚝 솟아 있는 모습"과 "카나리아 군도의 여러 항구와 정박지"가 나타나기 때문일 것이다.

이 무렵 가난한 스페인 사람들이 푸엔테스처럼 새로운 삶의 터전을 찾아 쿠바를 비롯한 중앙아메리카와 남아메리카로 이민을 왔다. 산티아고도 그러한 이민자 가운데 한 사람이라는 것이다. 대부분의 이민자들은 다시 본국으로 돌아갔지만 일부 이민자들은 산티아고처럼 이런저런 사정으로 돌아가지 못하고 쿠바에 계속 남아 가난한 어부로 살아갈 수밖에 없었다고 주장한다. 또한 산티아고가 다른 어부들과는 달리 유독 큰 고기를 잡으려고 노력하는 것도 뒤늦게 뿌리를 내린 쿠바에서 열등감을 해소하고 살아남으려는 생존 전략에 지나지 않는다고 지적하기도 한다. 산티아고가 과연 푸엔테스처럼 스페인에서 이민 온 사람인지 아닌지 하는 문제는 접어 두고라도, 이러한 주장은 사회학적 측면에서는 타당할지 몰라도 이 작품을 이해하는 데는 이렇다 할 도움이 되지 않는다.

산티아고는 오히려 규범적 주인공의 관점에서 보는 쪽이 훨씬 더 타당하다. 작품 첫머리에서 화자는 "두 눈을 제외하면 노인의 것은 하나같이 노쇠해 있었다. 오직 눈만은 바다와 똑같은 빛깔을 띠었으며 기운차고 지칠 줄 몰랐다."라고 밝힌다. 조금 뒤에 그를 늘 도와주는 소년 마놀린이 산티아고에게 "진짜 큰 고기가 잡혀도 감당할 수 있을 만큼 아직 기운이 있으세요?" 하고 묻자, 노인은 "아마 그럴 게야. 게다가 온갖 요령도 알고 있잖니."라고 대답한다. 소설의 화자는 "비록 나이가 들었어도 그의 어깨에는 아직도 이상하리만큼 힘이 흘러넘쳤다. 목에도 여전히 힘이 있고 고개를 앞쪽으로 떨어뜨리고 잠을 자고 있을 때면 주름살도 별로 눈에 띄지 않았다."라고 밝히기도 한다.

비록 나이가 들었어도 산티아고는 남성적이고 야인적인 성격을 거의 그대로 지니고 있을뿐더러 지적인 활동보다는 육체적 활동에 더 많은 관심을 기울인다는 점에서 전형적인 헤밍웨이 주인공답다. 『무기여 잘 있어라』의 프레더릭 헨리는 "나는 생각하도록 태어나지 않았다. 음식을 먹도록 태어났다. 정말 그렇다. 먹고 마시고 캐서린과 잠을 자도록 만들어졌다."라고 말한다. 청새치와 사투를 벌이던 둘째 날 산티아고는 "아무 생각도 하지 않고 오직 참고 견디려고 할 뿐이었다."라고 말한다. 그날 산티아고는 청새치가 수면 위로 뛰어오르고 난 뒤 "하지만 난 녀석에게 인간이 어떤 일을 할 수 있는지, 또 얼마나 참고 견뎌 낼 수 있는지 보여 줘야겠어."라고 혼잣말을 한다. 이 말을 달리 바꾸면 그는 인내하기 위해 이 세상에 태어났을 뿐 생각하기 위해 태어난 것이 아니라는 말이 된다. 이렇듯 무엇인가를 깊이 있게 생각하는 일은 산티아고에게 무척 낯설다. "고기가 고기로 태어난 것처럼 넌 어부로 태어났으니까."라고 말하기도 한다.

햄릿처럼 생각하는 인간보다는 돈키호테처럼 행동하는 인간에 가까운 산티아고는 깊이 있는 사색을 하지 않을 뿐더러 좀처럼 책을 읽지도 않는다. 그가 읽는 것이라곤 고작 신문이며 그중에서도 오직 야구 기사만을 읽는다. 그 신문마저도 남이 읽고 버린 낡은 신문이어서 정보적 가치도 그다지 크지 않다. 또한 산티아고는 신문을 침대 위에 깔고 덮는 이불로 사용하거나 의자에 앉아 잠깐 눈을 붙일 때 무릎을 덮는 담요로 사용할 뿐이다. 다시 말해서 그에게 신문은 정보나 지식을 전달해 주는 매체라기보다는 신문지, 즉 종이로서 더 크게 구실을 한다.

더구나 나이 때문에 무뎌졌다고는 하지만 산티아고는 헤밍웨이의 다른 주인공들처럼 아직도 감수성이 예민하다. 그의 감수성은 먹이를 찾아 드넓은 바다 위를 날아다니는 새들을 바라보면서 가엾다고 생각하는 데서도 엿볼 수 있다. 이 점과 관련해 작품의 화자는 "새들은 가엾다고 생각했는데, 그 중에서도 언제나 날아다니면서 먹이를 찾지만 얻는 것이라곤 거의 없는 조그마하고 연약한 제비갈매기를 특히 가엾게 생각했다. 새들은 우리 인간보다 더 고달픈 삶을 사는구나, 하고 그는 생각했다."라고 말한다. "가냘프고 구슬픈 소리로 울며 날아가다가 수면에 주둥이를 처박고 먹이를 찾는 저 새들은 바다에서 살아가기에는 너무나 연약하게 만들어졌단 말이야."라고 노인은 생각한다.

산티아고는 폭력과 죽음을 그렇게 무서워하지 않는다는 점에서도 헤밍웨이의 다른 규범적 주인공들과 비슷하다. 혼자서 멀리 거친 바다에 나가 고기잡이를 한다는 것부터가 보통 사람으로서는 하기 어려운 생각이다. 밤낮으로 꼬박 사흘 동안 그는 청새치와 사투를 벌이는가 하면, 청새치를 뜯어 먹으려고 공격해 오는 상어 떼를 물리친다. 그야말로 죽음을 무릅쓰지 않고서는 좀처럼 할 수 없는 일이다. 앞에서 이미 지적했듯이 몇몇 비평가가 산티아고의 이러한 초인적인 행동을 들어 작품을 비판하는 것도 따지고 보면 그렇게 무리가 아니다. 사흘 동안 청새치와 상어 떼와 싸워 온 노인은 혹시 자신이 죽지는 않았는지 의심이 들 정도로 지칠 대로 지쳐 있다. 소설의 화자는 "노인은 어쩌면 자신이 이미 죽은 몸이 아닐까 하는 느낌이 들었다. 그래서 두 손을 마주 잡고 손바닥을 만져 보았다. 손은 죽어 있지 않았고, 그래서 그냥 두 손을 폈다 오므렸다 함으로써 살아 있다는 고통을 느낄 수 있었다. 고물에 몸을 기대어 보고 자신이 죽지 않았다는 것을 알았다. 어깨가 그렇게 말해 주었던 것이다."라고 말한다.

산티아고는 추상적이고 이론적인 것보다는 좀 더 구체적이고 감각적인 쾌락에 무게를 실으려고 한다. 내세나 피안에 희망을 두기보다는 현세나 차안의 삶을 만끽하려는 헤밍웨이의 주인공들처럼 그 역시 먹고 마시는 일 말고는 이렇다 할 관심이 없다. 물론 나이가 많은 탓에 다른 주인공들처럼 성(性)에는 탐닉할 수 없다. 나이가 들면서 먹고 마시는 생리적 욕구마저 옛날과는 다르다. 망망대해로 고기잡이를 나가면서도 아침 식사도 제대로 하지 않은 채 커피 한 잔으로 식사를 대신하기 일쑤다. 작품의 화자는 산티아고가 "벌써 오래전부터 먹는 것이 귀찮아져서 점심을 싸 가는 법이 없었다. 조각배의 뱃머리에 두는 물병 하나만 있으면 충분히 하루를 견딜 수 있었다."라고 말한다. 그래도 산티아고는 어떤 관념적이고 추상적인 것에 몰두하기보다는 먹고 마시면서 구체적으로 감각적 쾌락을 추구하려고 한다.

마지막으로, 산티아고는 헤밍웨이의 규범적 주인공답게 어떤 행동 규범을 정해 놓고 될 수 있는 대로 그 규범에 따라 행동하려고 한다. 예를 들어 마놀린이 산티아고와 함께 고기잡이를 하고 싶다고 말하자 노인은 소년에게 자신에게는 이제 운이 없으며 부모가 시키는 대로 다른 어부 밑에서 고기를 잡으라고 타이른다. 마놀린이 미끼로 쓸 정어리를 구해 줄 때도 산티아고는 그에게 "설마 훔친 건 아니겠지?"라고 묻는다. 만약 마놀린이 남의 미끼를 훔쳐다 자신에게 주었더라면 그는 아마 고기잡이를 나가지 않으면 않았지 훔쳐 온 미끼로 고기를 잡지는 않았을 것이다. 또 산티아고가 84일째 고기 한 마리 잡지 못하다가 그 이튿날 고기잡이를 나가기 때문에 '85'라는 숫자로 끝나는 복권을 사려고 계획하는 장면에서도 마찬가지이다. 노인이 복권을 살 돈이 없다고 말하자 마놀린은 "그건 문제없어요. 2달러 50센트 정도야 저도 언제든지 빌릴 수 있거든요."라고 대꾸한다. 그러자 산티아고는 "아마 나도 빌릴 순 있을 거야. 하지만 난 될 수 있으면 돈을 빌리지 않고 싶구나. 처음엔 돈을 빌리지. 그러다 나중엔 구걸하게 되는 법이거든."이라고 말한다. 산티아고는 좀처럼 남에게 의존하거나 구걸하지 않고 살아가려고 한다.

한마디로 산티아고는 헤밍웨이의 젊은 주인공이나 규범적 주인공이 나이가 들면서 좀 더 원숙해진 것이다. 세월의 온갖 풍상과 세파를 겪으면서 그는 좀 더 원만하고 슬기로운 인간으로 변모했다. 공자가 『논어』에서 말하는 바를 빌리자면 산티아고는 이제 지천명(知天命)이나 이순(耳順)의 경지에 이르렀다고 할 수 있다. 산티아고가 맥주를 마시려고 마놀린과 함께 '테라스'에 가서 자리에 앉자 많은 어부들이 노인을 어리석다고 놀려 대지만 그는 조금도 화를 내는 법이 없다. 또 앞으로 주제와 관련해 자세히 밝히겠지만 그가 좀 더 자연과의 합

일을 꾀하면서 우주 속에서 조화와 균형을 찾으려고 하는 것
도 이렇게 나이가 들면서 원숙해진 그의 세계관과 무관하지
않다.

3

연극에서 배경은 공간적 배경이건 시간적 배경이건 사건이
일어나는 무대에 지나지 않는다. 그러나 소설에서는 이러한
배경이 직접 또는 간접적으로 작품의 주제와 밀접하게 연관
되어 있게 마련이다. 특히 헤밍웨이의 작품에서는 배경이 차
지하는 몫이 무척 크다. 특히 그는 공간적 배경을 온갖 유형의
인간이 투쟁하는 인간 조건으로 즐겨 사용한다.

『노인과 바다』의 배경은 이전 작품들과 비교해 볼 때 적잖
이 차이가 난다. 앞에서 이미 지적했듯이 이 작품에서는 전쟁
터에서 총을 쏘고 포탄이 터지는 소리가 들리지도 않고, 그렇
다고 황소와 죽음의 승부를 겨루는 투우장의 함성이 들리지
도 않으며, 파리 같은 대도시 카페의 시끌벅적한 소리도 들리
지 않는다. 귓가에 들리는 소리라고는 오직 드넓은 바다의 거
친 파도 소리와 노를 젓는 소리뿐이다. 작품의 첫머리와 결말
부분에서는 아바나 근처의 조그마한 어촌이 지리적 배경으로
등장하지만 사건은 거의 대부분 멕시코 만에서 펼쳐진다. 이
렇게 바다를 주요 공간적 배경으로 삼는다는 점에서 이 작품
은 19세기 중엽 미국 문학의 르네상스기에 크게 활약한 허먼

멜빌의 『모비 딕』(1851)이나 폴란드 태생의 영국 작가 조셉 콘래드의 『나르시서스호의 흑인』(1897)과도 닮아 있다.

헤밍웨이가 이렇게 바다를 공간적 배경으로 삼은 데는 그 럴 만한 까닭이 있다. 시인들이 삶을 흔히 항해에 빗대듯이 바다는 인간이 삶을 영위하는 터전에 대한 더할 나위 없이 좋은 은유이기 때문이다. 물론 헤밍웨이에게는 『무기여 잘 있어라』에서 프레더릭이 목숨을 걸고 부상병을 운반하는 전쟁터도, 『누구를 위하여 좋은 울리나』에서 로버트 조던이 다리를 폭파하기 위해 위험한 작전을 수행하는 후방도 삶을 영위하는 터전임에는 틀림없다. 또한 『태양은 다시 떠오른다』에서 페드로 로메로 같은 투우사가 황소와 한판 승부를 겨루는 투우장도 생존경쟁에 대한 좋은 은유로 볼 수 있다. 실제로 헤밍웨이는 투우장이 전쟁터를 좀 더 안전하게 후방에 옮겨 놓은 것과 크게 다르지 않다고 말한 적이 있다.

그러나 헤밍웨이는 만년에 이르러 바다를 생존경쟁의 터전을 보여 주는 더할 나위 없이 좋은 은유로 삼았다. 바다에 깊은 관심을 기울인 그는 심지어 성서를 '바다의 책'이나 '지식의 바다'라고 부를 정도였다. 물론 성서가 바다처럼 넓은 지식의 보고라는 비유적 의미로 한 말이기도 하지만 그보다는 성서 자체를 깊은 바다에 빗댄 것이다. 헤밍웨이처럼 바다를 이렇게 종교적 차원으로까지 승화시킨 작가도 드물다. 헤밍웨이가 이 작품의 제목을 왜 '노인과 소년'이라고 하지 않고 굳이 '노인과 바다'라고 정했는지 그 까닭을 알 만하다. 멕시코 만류에 떠 있는 산티아고의 조각배는 말하자면 소우주인 셈이다.

『노인과 바다』에서는 공간적 배경 못지않게 시간적 배경
도 독특하다. 헤밍웨이는 이 작품을 출간하기 직전, 그러니까
1940년대 말엽이나 1950년 초엽을 시간적 배경으로 삼고 있
다. 그런데 이 무렵은 미국은 말할 것도 없고 전 세계에 걸쳐
엄청난 사건이 일어난 시기이다. 예를 들어 1948년에는 인도
의 마하트마 간디가 살해당하고 남아프리카 백인 정권이 아
파르트헤이트 정책을 시작하는 등 약소국가들이 그 어느 때
보다도 위협을 받고 있었다. 이스라엘이라는 국가가 세워진
것도 바로 이 해에 일어난 일이다. 1949년에는 중국이 공산주
의를 국가 체제로 채택했고 북대서양기구(NATO)가 출범했으
며 소비에트 정부가 원자탄을 개발하는 데 성공했다. 1950년
에 들어와서는 한국전쟁이 일어났고 조지프 매카시 상원의원
의 공산주의자 마녀사냥이 시작되었는가 하면, 미국의 해리
트루먼 대통령은 소련의 원자폭탄에 맞서 수소폭탄 제조를
명령했다. 이렇듯 1950년대 초엽에는 한국전쟁에서 볼 수 있
듯이 동서 냉전이 그야말로 최고조에 이르렀다.

그러나 헤밍웨이는 세계사에 굵직한 획을 그은 이러한 역
사적 사건에는 이렇다 할 관심을 기울이지 않은 채 주인공 산
티아고의 고기잡이에만 초점을 맞춘다. 다시 말해서 헤밍웨
이는 미국이나 세계에서 벌어지고 있는 굵직한 사건에서 눈
을 돌리고 오직 망망대해에 떠 있는 산티아고의 고기잡이배
에 시선을 모은다. 외부 세계보다는 내면세계, 사회 문제보다
는 개인 문제에 주목하기 위해서일 것이다. 이 작품을 읽을 때

역사의 거친 맥박보다는 한 개인의 내면에서 들리는 소리에 귀를 기울여야 하는 까닭이 바로 여기에 있다.

4

헤밍웨이의 작품이 대개 그러하지만 특히 『노인과 바다』는 주제가 다양한 것이 특징이다. 고전의 반열에 올라와 있는 작품이 흔히 그러하듯이 이 작품도 마치 거울과 같아서 비평가들이나 독자들은 이 작품을 읽으면서 저마다 서로 다른 모습을 발견한다. 또한 고전이 흔히 그러하듯 시대마다 새로운 의미로 읽히기도 한다. 그런가 하면 이 소설은 보편적 의미 못지 않게 지리적 차이에 따른 특수한 의미를 지닌다. 이 작품만큼 보편성과 특수성, 일반성과 구체성 사이에서 절묘한 균형과 조화를 꾀하려는 소설도 찾아보기 힘들다.

헤밍웨이는 『노인과 바다』에서 무엇보다 소설가로서 자신이 느낀 고뇌를 심도 있게 다룬다. 따지고 보면 이런저런 방식으로 작품에 자신의 삶의 흔적을 남기지 않는 작가란 하나도 없다. 영국 소설가 D. H. 로렌스가 일찍이 "작가란 원고지 위에 자신의 피를 쏟아 놓는다."라고 말한 것은 바로 그 때문이다. 아무리 자신의 삶을 감추려고 해도 작품 속에는 어쩔 수 없이 작가가 살아온 고단한 삶의 흔적이 묻어나게 마련이다. 이 작품에서도 작가 헤밍웨이가 쏟아 놓은 피, 즉 소설가로서의 삶의 궤적을 그다지 어렵지 않게 찾아볼 수 있다.

『노인과 바다』에서 헤밍웨이는 노령에 저항하는 모습을 예술적으로 형상화한다고 볼 수 있다. 이 작품을 집필할 무렵 그는 이미 쉰두 살이었다. 지금 기준으로 보면 아직 장년의 나이라고 할 수 있지만 지금처럼 의학이 발달하지 못한 데다 젊은 시절 야외 활동에 전념하면서 크고 작은 사고를 당한 헤밍웨이로서는 초로(初老)를 맞이한 것과 크게 다르지 않았다. 또한 이 무렵부터 그는 고혈압과 당뇨 등 여러 성인병을 앓고 있었던 데다 우울증과 알코올중독증에 시달리고 있었다. 1940년대 말엽이나 1950년대 초엽에 찍은 사진을 보면 헤밍웨이는 이미 장년에서 벗어나 노년의 단계에 접어든 것처럼 보인다.

이 소설에서 산티아고가 죽음을 무릅쓰고 거대한 청새치를 잡아 올리는 행위는 곧 자신에게 닥쳐 온 늙음을 물리치려는 상징적 행위로 보아 크게 틀리지 않다. 허먼 멜빌의 『모비 딕』에서 주인공 에이해브 선장이 목숨을 걸고 추적하는 흰 고래가 이 우주의 악을 상징한다면, 길이가 무려 5.5미터나 되며 산티아고가 타고 있는 어선보다도 60센티미터도 넘게 긴 이 청새치는 노령이나 노쇠를 뜻한다. 윌리엄 셰익스피어가 어느 소네트에서 노래하듯이 "미인의 이마에 밭고랑 같은 주름살을 파 놓는" 것이 시간이요 세월이다. 또 그는 "시간의 낫 앞에 베어지지 않는 것 없어라."라고 노래하면서 시간이나 세월을 풀을 베는 낫에 빗대기도 했다. 이렇듯 서양에서는 풀을 베는 낫은 흔히 노령을 상징한다. 『노인과 바다』의 화자는 산티아고가 잡은 청새치에 대해 "노인은 커다란 낫처럼 생긴 꼬리가 물속으로 사라지는 것을 보았고, 낚싯줄이 빠른 속도로

다시 풀려 나가기 시작했다."라고 말한다. 낫처럼 생긴 꼬리
는 곧 시간이요 세월이다.

세계 문학사에서 적지 않은 허구적 인물이 세월의 파괴력
에 맞서 싸워 왔다. 헤밍웨이의 주인공 산티아고도 예외가 아
니며, 산티아고는 이렇게 엄청나게 큰 청새치와 며칠에 걸쳐
사투를 벌인다. 그가 마침내 그 고기를 잡아 올린다는 것은 시
간에 도전하는 행위, 좀 더 구체적으로 말해서 늙음을 받아들
이지 않고 젊음을 여전히 과시하는 행위로 볼 수 있다. 산티아
고는 한때 왼손에 쥐가 나고 기력이 없어지기도 하지만 경련
이 풀리고 기력을 되찾은 데다 식량도 충분히 갖추고 있어 청
새치와 싸움에서 자신이 훨씬 유리한 입장에 놓여 있다고 생
각한다.

"여보게, 고기 양반, 그래 지금 기분이 어떠신가?" 그는 큰
소리로 물었다. "나는 기분이 좋다네. 왼손도 많이 좋아졌어. 오
늘 밤과 내일 낮 동안의 식량도 갖추고 있지. 자, 친구, 어디 배
나 끌어 보시지."

실제로 노인은 정말로 기분이 좋은 상태가 아니었다. 낚싯줄
을 멘 등이 통증의 수준을 넘어 거의 무감각 상태가 아닌가 의
구심이 들 정도였기 때문이다. 하지만 나는 이보다 더 심한 일
도 겪었는걸, 하고 그는 생각했다. 내 오른손은 조금 긁힌 정도
에 지나지 않고, 이제 왼손의 쥐도 풀렸어. 두 다리도 끄떡없고.
더구나 식량 문제라면 저놈보다는 내가 훨씬 유리한 입장이고
말이야.

이렇게 유리한 입장에 놓여 있으면서도 청새치에게 패배한다면 산티아고는 노령에 굴복하고 마는 것이 된다. 청새치와의 피나는 싸움에서 물고기는 계속해서 천천히 물속을 빙빙 돌고 있으며, 몇 시간 뒤 노인은 온몸이 땀에 흠뻑 젖고 피로가 뼛속까지 스며든다. 그러나 물고기가 그리는 원이 점점 작아지는 것으로 보아 고기가 헤엄치면서 꾸준히 수면으로 올라오고 있다는 사실을 알 수 있다. 청새치와의 피나는 싸움은 노령뿐만 아니라 더 나아가 가난과 고독과 죽음과의 사투를 상징하기도 한다.

이 무렵 헤밍웨이는 육체적 쇠퇴 못지않게 예술적으로도 소진 상태에 놓여 있었다. 앞에서 이미 밝혔듯이『누구를 위하여 종은 울리나』를 출간한 이후 그는 이렇다 할 작품을 출간하지 못하고 있었고, 비평가들은 헤밍웨이가 작가로서 이미 종말을 고한 것과 다름없다고 선언했다. 예술을 종교의 경지로까지 생각해 온 헤밍웨이에게 훌륭한 작품을 쓰지 못한다는 것만큼 치명적인 고통도 없었을 것이다. 그리하여 그는 자신이 아직 예술적으로 건재하다는 것을 과시하고 싶었다. 청새치는 바로 그가 되찾으려는 화려한 예술적 경지를 상징하고, 필사적으로 청새치를 잡으려고 하는 행위는 곧 예술적 재기를 상징적으로 보여 준다고 할 수도 있다.

그러고 보니 이 작품의 화자가 "이제까지 노인은 큰 고기들을 많이 보아 왔다. 450킬로그램이 넘는 큰 고기도 여러 번 보았고, 물론 혼자 잡은 것은 아니었지만 지금까지 그만한 크기의 고기를 잡은 적도 두 번이나 있었다."라고 밝히는 말도 그 뜻이 새롭게 느껴진다. 어쩌면 헤밍웨이는 이 무렵 『태양은 다시 떠오른다』나 『무기여 잘 있어라』 또는 『누구를 위하여 종은 울리나』 같은 대어를 다시 한 번 낚고 싶었을지 모른다. 이렇듯 『노인과 바다』는 작가의 삶의 궤적이 깊게 각인되어 있고 그의 체취가 물씬 풍기는 전기적 소설이요 자전적 작품이라고 해도 크게 틀리지 않을 것이다.

5

헤밍웨이는 『노인과 바다』에서 작가 자신의 개인적 이야기를 뛰어넘어 좀 더 보편적인 주제를 다룬다. 이중에서도 영웅주의와 스토아주의는 아마 가장 중요한 주제일 것이다. 처음에는 청새치 그리고 나중에는 상어 떼와 사투를 벌이는 산티아고는 그리스 신화에 등장하는 시시포스 같은 인물이다. 신화의 주인공이면서도 신이 아니라 인간인 시시포스는 끊임없이 자신의 운명에 맞서 싸우는 인간의 용기와 의지를 보여 준다. 산꼭대기를 향해 커다란 바윗덩이를 쉴 새 없이 밀어 올리는 그 고역의 주인공처럼 산티아고도 온갖 시련을 겪지만 좌절하지 않고 끝까지 운명에 도전한다. 헤밍웨이 주인공 가운데 그만큼 온갖 시련과 역경을 위엄 있게 극복하는 인물도 아마 찾아보기 쉽지 않을 것이다. 프레더릭 헨리 같은 청년이나 로버트 조던 같은 장년이 아니라 인생의 황혼기를 맞이한 노인이기에 그의 이러한 노력은 더욱 값지다.

다른 헤밍웨이 주인공과 마찬가지로 산티아고에게도 훌륭한 인간이 된다는 것은 곧 스토아주의자답게 위엄 있게 행동하고 처신하는 것을 뜻한다. 한편으로는 자제심이나 극기심을 최대한으로 발휘하고, 다른 한편으로는 명예심이나 위엄을 잃지 않으려고 애쓴다. 이러한 자제심과 절제, 극기심, 인내심은 헤밍웨이 주인공의 전형적인 특성이다. '어니', '헴', '헤미', '위메지', '파파' 등 헤밍웨이를 부르는 별명이 많지만 첫 번째 아내 해들리 리처드슨과 그녀에게서 태어난 첫아들 존은 헤밍웨이의 극기주의적인 태도를 염두에 두고 그를 '어니스토익(Ernestoic)'이라고 부르곤 했다. 두말할 나위 없이 헤밍웨이의 이름 '어니스트(Ernest)'와 '스토익(Stoic)'을 서로 결합해 만들어 낸 조어이다. 그런데 이 '어니스토익'이라는 별명은 헤밍웨이뿐만 아니라 산티아고 같은 허구적 인물한테도 썩 잘 어울린다.

　금욕주의자들에게 흔히 그러하듯이 정신적 승리는 물질적 승리 못지않게, 아니, 어쩌면 그보다도 더 소중하다. 산티아고는 자신의 어선보다도 더 큰 청새치를 잡지만 결국에는 상어 떼에게 모두 빼앗기고 만다. 그가 청새치를 지키기 위해 사투를 벌이며 죽인 상어만도 무려 다섯 마리나 된다. 항구로 무사히 돌아왔을 때 청새치는 상어 떼에게 뜯어 먹힌 나머지 형체는 알아 볼 수 없고 오직 뼈만이 앙상하게 남아 있다. 『노인과 바다』의 맨 마지막 장면에서 여성 관광객 한 사람이 청새치의 거대한 등뼈를 가리키며 웨이터에게 저것이 뭐냐고 묻는다. 그러자 웨이터는 상어라고 대답한다. 관광객은 "상어가 저토

록 잘생기고 멋진 꼬리를 달고 있는 줄은 미처 몰랐어요."라
고 대꾸한다. 헤밍웨이 특유의 반어법을 읽을 수 있는 대목이
다. 이러한 반어법으로 독자들은 산티아고가 이 청새치를 잡
기 위해 사투를 벌이며 겪은 고통을 좀 더 실감나게 느낄 수
있다.

산티아고는 상어 떼와 사투를 벌이는 동안 한번은 이 모든
일이 차라리 한낱 꿈이라면 얼마나 좋을까 하고 생각한다. 또
이 순간 고기를 잡는 것이 아니라 차라리 신문지를 깔고 침대
에서 혼자 누워 있었더라면 얼마나 좋았을까 하고 생각하기
도 한다.

"하지만 인간은 패배하도록 창조된 게 아니야." 그가 말했
다. "인간은 파멸당할 수는 있을지 몰라도 패배할 수는 없어."
하지만 고기를 죽여서 정말 안됐지 뭐야, 하고 그는 생각했다.
이제부터 정말 어려운 일이 닥쳐올 텐데 난 작살조차 갖고 있지
않으니. 덴투소란 놈은 무척이나 잔인하고 힘이 센 데다가 머리
도 좋지. 하지만 그놈보다야 내가 더 똑똑하지. 아냐, 어쩌면 그
렇지 않을는지도 몰라, 하고 그는 생각했다. 그놈보다 어쩌면
내가 무장이 좀 더 잘 되어 있을 뿐인지도 몰라.

위 인용문에서 좀 더 찬찬히 주목해 볼 것은 "인간은 패배
하도록 창조된 게 아니야. (중략) 인간은 파멸당할 수는 있을
지 몰라도 패배할 수는 없어."라는 문장이다. 언뜻 보면 '패배'
와 '파멸' 사이에 이렇다 할 차이가 없을지 모른다. 실제로 사

전을 보아도 전자는 어떤 대상과 겨루어서 지는 것을 뜻하고, 후자는 파괴되어 없어지는 것을 뜻한다. 그러니까 '파멸'은 '패배'의 결과로 볼 수 있다. 그러나 여기서 헤밍웨이는 산티아고의 입을 빌려 물질적 승리와 정신적 승리를 엄밀히 구분 짓고 있다. 즉 '파멸'은 물질적·육체적 가치와 관련된 반면, '패배'는 어디까지나 정신적 가치와 관련되어 있다.

작품이 처음 시작할 때 이 소설의 화자는 산티아고의 돛을 두고 "돛은 여기저기 밀가루 부대 조각으로 기워져 있어서 돛대에 높이 펼쳐 올리면 마치 영원한 패배를 상징하는 깃발처럼 보였다."라고 말한다. 그의 어선에 달린 돛이 상징하듯이 주인공은 어느 모로 보나 삶의 패배자요 낙오자이다. 84일 동안 고기 한 마리 낚지 못했다는 사실도 어부로서는 패배자라는 낙인이 찍히기에 충분하다. 그러고 보면 마놀린의 부모가 노인을 '살라오', 즉 가장 운이 없는 사람이라고 부르는 것도 그렇게 무리는 아니다.

그러나 산티아고는 물질적으로는 이렇게 패배할지 몰라도 정신적으로는 조금도 위축하거나 좌절하지 않는다. 어떤 역경과 고난에도 좀처럼 굴복하지 않고 끝까지 목표를 달성하기 위해 온갖 노력을 아끼지 않는다. 외부의 힘에 의해 파멸할 망정 정신적으로는 좀처럼 패배를 인정하지 않는 산티아고야말로 주인공(히어로)의 본래 뜻 그대로 영웅이다. 이러한 영웅적 주인공한테서 볼 수 있는 백절불굴의 정신이야말로 헤밍웨이가 무엇보다 소중하게 생각하는 덕목이요 가치이다. 이 점을 쉽게 이해하기 위해서는 항구에 돌아온 뒤 산티아고와 마놀린이 주고받는 대화를 좀 더 자세히 살펴보아야 한다.

　"일어나지 마세요." 소년이 말했다. "이걸 드세요." 소년은
유리잔에 커피를 조금 따랐다.
　노인은 그것을 받아 마셨다.
　"그놈들한테 내가 졌어, 마놀린. 놈들한테 내가 완전히 지고
만 거야." 노인이 말했다.
　"할아버지가 고기한테 지신 게 아니에요. 고기한테 지신 게
아니라고요."
　"그렇지. 정말 그래. 내가 진 건 그 뒤였어."

　산티아고가 마놀린에게 "그놈들한테 내가 졌어, 마놀린.
놈들한테 내가 완전히 지고 만 거야."라고 말하는 것은 자신
의 패배를 인정하는 것이다. 자신이 애써 잡은 청새치를 모두
상어한테 빼앗겼다는 것은 적어도 결과만 놓고 보자면 패배
한 것과 다르지 않다. 장사꾼의 계산으로 보면 틀림없이 밑지
는 장사이다. 그러나 여기서 마놀린이 산티아고에게 "할아버
지가 고기한테 지신 게 아니에요. 고기한테 지신 게 아니라고
요."라고 하는 데 주목할 필요가 있다. 마놀린이 두 번이나 되
풀이해 말하듯이 산티아고는 비록 육체적으로 파멸당했을지
는 몰라도 청새치를 잡으려는 시도에서는 조금도 패배한 것
이 아니다. 그의 말을 듣자 산티아고는 "그렇지. 정말 그래. 내
가 진 건 그 뒤였어."라고 대꾸한다. 여기에서 '그 뒤'란 상어
떼의 습격을 받고 난 뒤의 일을 말한다. 다시 말해서 애써 잡은

청새치를 상어 떼한테 빼앗기기 전에는 전혀 패배하지 않았다는 말이다. 더구나 상어 떼의 습격을 받고 비록 파멸했을망정 자신이 세운 목표, 즉 큰 고기를 낚았다는 점에서 그는 정신적으로는 전혀 패배하지 않고 오히려 승리를 거둔 셈이다.

헤밍웨이는 언젠가 확실하지 않은 내세를 생각하기보다 지금 현세의 삶에 충실해야 한다고 말한 적이 있다. "우리는 무덤 너머에 대해서는 아무런 확신을 줄 수 없는 우주의 일부이다. 종말은 암흑이라는 사실을 충분히 깨닫고 인간 자신에게서 용기 있게 빚어 낸 실천적 윤리로 삶에서 우리가 할 수 있는 것을 만들어 내야 한다."라고 말이다. 이 말에서는 여러모로 실존주의적 삶의 태도를 읽을 수 있다. 장폴 사르트르나 알베르 카뮈처럼 헤밍웨이는 삶을 장밋빛처럼 낙관적으로 보지는 않지만 그렇다고 삶에 절망하거나 삶을 포기하지도 않는다. 실존주의자들에게나 그에게나 삶은 일회적이기 때문에 더더욱 의미 있게 살아야 하는 것이다.

산티아고는 이러한 정신적 승리에서 비롯하는 자부심을 느낀다. 그런데 여기서 한 가지 눈여겨봐야 할 것은 그의 자부심이 일반적 의미의 자부심과는 조금 다르다는 점이다. 자부심은 겸손함과 깊이 연관되어 있다. 그에게 이 두 가지는 상호 배타적인 개념이 아니라 어디까지나 상호 보완적인 개념이다. 산티아고의 자부심은 고대 그리스 비극의 주인공에게서 흔히 볼 수 있는 자부심(후부리스), 즉 인간의 한계를 뛰어넘으려는 자부심과는 성격이 적잖이 다르다. 산티아고의 자부심과 관련하여 화자는 "그는 너무 단순한 사람이어서 자신이 언제 겸손함을 배웠는지조차 생각해 본 적이 없었다. 그러나 지금은 자신이 겸손해졌다는 것을 알고 있었으며, 그것이 부끄러운 일이 아니고 참다운 자부심이 덜해지는 일도 아니라는 것을 잘 알고 있었다."라고 밝힌다.

『노인과 바다』의 주제와 관련해 노벨 문학상 선정 위원회는 "폭력과 죽음의 그림자가 짙게 드리워진 현실 세계에서 선한 싸움을 벌이는 모든 개인에 대한 자연스러운 존경심"을 다루고 있는 작품이라고 평했다. 여기서 말하는 '선한 싸움'이란 물질적 또는 육체적으로는 파멸당해도 정신적으로는 패배하지 않는 산티아고의 모습을 가리키는 말로 받아들여도 크게 틀리지 않을 것이다. 산티아고는 결과보다는 과정, 목표보다는 수단과 방법에 무게를 싣는 인물이다. 죽음을 숙명처럼 안고 살아가는 인간에게 삶이란 어쩔 수 없이 '승산 없는 투쟁'일는지 모른다. 패배할 수밖에 없는 싸움이 곧 인간 실존이다. 그러나 여기서 중요한 것은 그러한 패배를 좀처럼 인정하지 않고 자신의 목표를 향해 나아가는 백절불굴의 정신이다.

6

인간의 삶이 궁극적으로 '승산 없는 투쟁'이라면 이러한 투쟁을 좀 더 의미 있게 해 주는 것이 인간과 인간 사이의 유대감이다. 헤밍웨이는 『노인과 바다』에서 인간의 연대 의식이나 협동 정신이 얼마나 중요한지 강조한다. 드넓은 바다에서 홀로 고기를 잡는 산티아고는 자칫 개인주의를 상징하는 인물로 생각되기 쉽다. 실제로 그는 아내와 사별한 뒤 오두막집에서 혼자서 외롭게 살고 있으며, 바다에서 고기를 잡을 때도 다른 어부들과 좀처럼 어울리지 않고 홀로 고기잡이를 한다. 그는 한때 초라한 오두막집 벽에 아내의 사진을 걸어 두었지만 사진을 바라볼 때마다 너무 울적한 기분이 들어 그것을 떼어 방구석 선반 위 셔츠 밑에 넣어 두었다. 어쩌다 노인이 소년 마놀린과 함께 마을 술집 '테라스'에 앉아 있으면 어부들이 그를 놀려 대기도 한다. 요즈음 용어로 표현하자면 산티아고야말로 집단 따돌림을 받는 독거노인이라고 할 만하다.

그러나 이 작품에서 헤밍웨이는 언뜻 외롭고 쓸쓸한 것처럼 보이는 산티아고의 삶을 통해 유대 의식의 중요성을 지적한다. 오히려 산티아고는 고독을 겪으면서 이러한 의식이 절실하다는 사실을 터득했다고 보는 쪽이 더 정확할지 모른다. 누구보다도 외롭고 쓸쓸하게 살아왔기 때문에 동료 인간과의 연대감이나 상호 의존의 필요성을 더욱 절감했을 것이다. 이렇듯 그에게 고독은 그가 상호 의존의 가치를 깨닫는 데 없어서는 안 될 필수적인 요소이다.

그런데 고독이 산티아고가 이러한 삶의 가치를 깨닫는 데 적합한 환경이나 분위기를 조성한다면, 마놀린은 외롭고 쓸쓸한 노인을 좀 더 구체적으로 유대 의식과 상호 의존의 세계로 안내하는 역할을 한다. 마놀린은 노인에게 음식과 옷을 비롯해 비누 같은 생필품을 가져다줄 뿐만 아니라 낚시 도구를 날라 주고 미끼를 잡아 주기도 한다. 더구나 그는 산티아고를 이렇게 물질적으로 도와주는 것에 그치지 않고 더 나아가 그의 정신적 반려자 노릇을 하기도 한다. 운이 없어 고기 한 마리 잡지 못할 때도 언제나 노인을 위로해 주는 사람은 나이 어린 소년이다. 산티아고는 소년과 함께 있을 때면 좀처럼 외로워하거나 실망하지 않는다. 이와 관련해 소설의 화자는 "노인은 아직 희망과 자신감을 잃지 않고 있었다. 그리고 미풍이 불어올 때처럼 희망과 자신감이 새롭게 솟구치고 있었다."라고 밝힌다. 마놀린에게 산티아고는 멘토요 상징적 아버지인가 하면, 롤 모델이요 정신적 지주와 다름없다. 그러나 때때로 이 두 사람의 역할은 뒤바뀌기도 한다. 영국의 낭만주의 시인 윌리엄 워즈워스가 일찍이 "어린이는 어른의 아버지"라고 노래한 적이 있는데, 적어도 마놀린은 산티아고에게 삶의 의미를 새롭게 깨닫게 해 준다는 점에서 어른의 구실을 톡톡히 한다.

산티아고는 청새치와 싸우면서 여러 번 소년을 그리워한다. 단순히 그리워만 하는 것이 아니라 자기 옆에서 고기잡이를 도와주고 쥐가 난 팔을 주물러 주기를 간절히 바란다. "그 애가 옆에 있다면 정말 좋으련만."이라는 구절은 그가 낚시질을 하는 동안 마치 민요의 후렴구처럼 입에 자주 오르내리거나 머릿속에 자주 떠오른다. 두 사람의 관계는 산티아고가 마침내 항구에 도착해 소년과 나누는 대화에서 단적으로 엿볼수 있다.

"사람들이 나를 찾았니?"
"물론이죠. 해안 경비대랑 비행기까지 동원됐어요."

"바다는 엄청나게 넓고 배는 작으니 찾아내기가 여간 어렵지 않았을 테지." 노인이 말했다. 그는 자기 자신과 바다가 아닌, 이렇게 말상대가 될 누군가가 있다는 게 얼마나 반가운지 새삼 느꼈다. "네가 보고 싶었단다. 그런데 넌 뭘 잡았니?" 노인이 물었다.

"첫날에는 한 마리 잡았고요, 이튿날에도 한 마리, 그리고 셋째 날엔 두 마리나 잡았어요."

"아주 잘했구나."

"이젠 할아버지하고 같이 나가서 잡기로 해요."

"그건 안 돼. 내겐 운이 없어. 운이 다했거든."

"그런 소리 하지 마세요. 운은 제가 갖고 가면 되잖아요." 소년이 대꾸했다.

"네 가족들이 뭐라고 하지 않을까?"

망망대해에서 혼자 독백만 하던 산티아고는 마놀린을 다시 만나 실제로 대화를 나누는 것이 무척이나 반갑다고 고백한다. "이렇게 말상대가 될 누군가가 있다는 게 얼마나 반가운지 새삼 느꼈다."라고 밝히는가 하면, 아예 "네가 보고 싶었단다." 하고 솔직하게 털어놓기도 한다. 마놀린이 이제는 산티아고와 함께 고기잡이를 하겠다고 말하자 안 된다고 말하면서도 부정하는 강도는 낚시질을 떠나기 전과는 비교도 되지 않을 만큼 훨씬 줄어들었다. 똑같은 상황인데도 며칠 전에는 "그건 안 돼. 네가 타는 배는 운이 좋은 배야. 그러니 그 사람들하고 그냥 있어라." 하고 단호하게 거절했지만, 지금 와서 그는 "그건 안 돼. 내겐 운이 없어. 운이 다했거든."이라고 말할 뿐이다. 마놀린이 여세를 몰아 운 같은 것은 믿지 않는다고 말하자 노인은 "네 가족들이 뭐라고 하지 않을까?"라고 말하면서 한 발 뒤로 물러난다. 마놀린의 가족만 뭐라고 하지 않으면 이제부터는 소년과 함께 고기잡이를 나가겠다는 말로 받아들일 수 있다.

죽음을 무릅쓰고 잡은 청새치를 상어 떼한테 절반 정도 빼앗겼을 때 산티아고는 홀로 바다 너무 멀리까지 나왔다고 후회한다. 그는 여러 번 "고기야, 난 이렇게 멀리 나오지 말았어야 했는데. 너를 위해서나 나를 위해서나 말이다. 고기야, 미안하구나."라고 말한다. 또 한번은 "고기는 이제 반동강이가 되었구나. 한때는 온전한 한 마리였는데. 내가 너무 멀리까지 나왔어. 내가 우리 둘을 모두 망쳐 버렸어."라고 말한다. 그런가 하면 "늙어서는 어느 누구도 혼자 있어서는 안 돼." 하고 말하기도 한다. 그러면서 산티아고는 마놀린은 말할 것도 없고 다른 어부들이나 마을 사람들도 자신의 안전을 두고 걱정할 것이라고 생각한다. "난 정말 좋은 마을에 살고 있는 거야."라고 말하면서 그는 새삼 자신이 마을 공동체에 속한 일원이라는 사실을 깨닫는다.

산티아고는 상어 떼한테 고기를 빼앗긴 것이 운이 나쁘기 때문이고, 이렇게 운이 나쁜 것은 동료 인간과 멀리 떨어져 나왔기 때문이라고 생각한다. 그는 운이란 고독 속에서는 찾을 수 없고 어디까지나 인간 사회 안에서 찾을 수 있다고 생각한다. "운이 있으면 어쩌면 앞쪽 반만이라도 가져갈 수 있겠지.

내게도 조금쯤은 운이 남아 있어야 할 게 아닌가. 그럴 리 없어, 하고 그는 말했다. 너무 멀리까지 나왔을 때 너는 이미 운수를 망쳐 버리고 만 거야."라고 혼잣말을 하는 까닭이 바로 여기에 있다. 마놀린을 포함한 사람들과의 유대 관계가 얼마나 소중한지 깨닫는 대목이다.

산티아고가 연대 의식이나 상호 의존의 가치를 깨닫는 데는 소년 못지않게 사자들도 큰 몫을 한다. 성경에서 사자에 대해 구약성서에서는 150번 넘게, 신약성서에서는 아홉 번 정도 언급하는데 이는 아주 중요한 상징으로 사용된다. 특히 구약과 신약을 가리지 않고 사자는 앞으로 올 예수 그리스도를 가리킨다. 가령 "유다는 사자 새끼로다"(「창세기」 49장 9절)라느니 "유대 지파의 사자 다윗의 뿌리가 이기었으니"(「요한계시록」 5장 5절) 하는 구절에서 바로 그러하다. 한편 미국 소설가이며 극작가인 어윈 쇼는 제2차 세계대전을 다룬 『젊은 사자들』(1948)이라는 소설을 출간해 관심을 끌었다. 이 작품은 1958년에 영화로 만들어져 더욱 큰 인기를 끌었다. 여기서 '젊은 사자들'이란 두말할 것 없이 기성세대에 맞서 젊음과 꿈을 구가하려는 용기 있는 젊은이들을 가리킨다.

아일랜드의 시인 윌리엄 버틀러 예이츠는 산문집 『비전』(1925, 1937)에서 "누구한테나 비밀스러운 삶의 이미지가 되는 어떤 한 장면, 어떤 한 모험, 어떤 한 그림이 있게 마련이다. 만약 그가 평생 그것에 대해 음미한다면 그것이 그의 영혼을 이끌 수도 있을 것이다."라고 말한 적이 있다. 산티아고한테도 바로 그런 장면이나 그림이 있다. 꿈속에 자주 나타나는 어린 사자의 모습이 바로 그것이다. 『노인과 바다』에서 산티아고는 모두 세 번에 걸쳐 사자 꿈을 꾼다. 그가 맨 처음 사자 꿈을 꾸는 것은 사흘 동안의 고기잡이를 떠나기 바로 전날 밤이다. 이 꿈을 꾸기 전 그는 마놀린에게 "내가 네 나이였을 때는 아프리카를 항해하는, 가로돛을 단 범선에서 선원 노릇을 했지. 저녁 무렵이면 해안을 따라 어슬렁거리는 사자들을 보곤 했어." 라고 말한다. 그런데 바로 그날 밤 그는 사자 꿈을 꾼 것이다. 작품의 화자는 "노인의 꿈에는 이제 폭풍우도, 여자도, 큰 사건도, 큰 고기도, 싸움도, 힘겨루기도, 그리고 죽은 아내의 모습도 나타나지 않았다. 다만 여러 지역과 해안에 나타나는 사자들 꿈만 꿀 뿐이었다. 사자들은 황혼 속에서 마치 고양이 새끼처럼 뛰어놀았고, 그는 소년을 사랑하듯 이 사자들을 사랑했다."라고 밝힌다.

여기에서 화자가 어린 사자들을 고양이 새끼에 빗대는 점에 주목해야 한다. 분류학적인 이유 때문이라기보다는 어린 사자가 애완용 동물인 고양이처럼 인간에게 친근하고 귀엽고 온순하기 때문일 것이다. 산티아고가 머릿속에 떠올리는 사자는 흔히 '백수의 왕'으로 일컫는 맹수가 아니라 어디까지나 귀여운 사자 새끼들이다. 수컷 사자 한 마리가 암컷 여러 마리를 거느리고 다니기 때문에 예로부터 사자는 동양과 서양을 가리지 않고 왕권을 상징하는 짐승으로 널리 사용되었다. 또 이 작품의 화자가 산티아고가 "소년을 사랑하듯 이 사자들을 사랑했다."라고 말하는 점도 주목해 볼 필요가 있다. 주인공의 마음에 어린 사자들과 소년 마놀린은 마치 샴쌍둥이처럼 언제나 붙어 다닌다. 그래서 이 둘을 서로 분리해서 생각하기란 무척 어렵다. 그래서 그런지 그의 마음속에서 어린 사자와 마놀린은 거의 동시에 나타난다.

산티아고가 두 번째로 사자 꿈을 꾸는 것은 청새치와 사투를 벌일 때이다. 청새치가 처음 몸을 드러낸 직후 그는 고기가 제발 잠을 자 줬으면 좋겠다고 생각한다. 그러면서 "그래야 나도 잠을 잘 수 있고, 또 사자 꿈도 꿀 수 있을 텐데. 도대체 왜 사자들만 머릿속에 남아 있는 것일까?"라고 혼잣말을 한다.

그런 다음 노인은 길게 뻗은 노란 해변이 나오는 꿈을 꾸기 시작했는데 처음에 사자 한 마리가 이른 새벽 어두컴컴한 바닷가로 내려오더니, 이어 다른 사자들도 뒤따라 나타나기 시작했다. 그가 탄 배가 뭍에서 불어오는 저녁 미풍을 받으며 닻을 내리고 있었고, 그는 이물의 널빤지에 턱을 괴고 있었다. 더 많은 사자가 나타나지는 않는지 보려고 기다리는 동안 그는 기분이 자못 흐뭇했다.

위 인용문에서 눈여겨봐야 할 것은 꿈속 해변에 나타난 어린 사자가 한 마리가 아니라 떼를 지은 여러 마리라는 점이다. 물론 처음에는 한 마리가 나타나지만 곧 그의 뒤를 이어 여러 마리가 나타나기 시작한다. 고기잡이를 떠나기 전 꿈을 꿀 때도 산티아고는 "저녁 무렵이면 해안을 따라 어슬렁거리는 사자들을 보곤 했어."라고 말한다. 이렇게 꿈속에서 어린 사자는 언제나 단수가 아니라 복수로 떼를 지어 나타난다. 산티아고는 사자의 개별성보다는 집단성에 주목한다. 그러고 보니 "그는 기분이 자못 흐뭇했다."라는 마지막 문장도 예사롭지 않다. 떼를 지어 해변에서 노니는 어린 사자들은 그에게 잃어 버린 젊음과 꿈 그리고 희망을 다시 한 번 깨닫게 해 주는 한 편, 유대 의식이나 상호 의존 정신을 일깨워 주기 때문이다.

산티아고가 마지막으로 사자 꿈을 꾸는 것은 항구에 도착한 뒤 오두막집에서 쓰러져 곤히 잠을 잘 때이다. 『노인과 바다』를 끝내는 마지막 장면에서 화자는 "길 위쪽의 오두막집에서 노인은 다시금 잠이 들어 있었다. 얼굴을 파묻고 엎드려 여전히 잠을 자고 있었고, 소년이 곁에 앉아서 그를 지켜보고 있었다. 노인은 사자 꿈을 꾸고 있었다."라고 말한다. "두 팔을 쭉 뻗고 손바닥을 위로 펼친 채 신문지에 얼굴을 파묻고" 잠을 자는 그의 모습은 지금까지 여러 비평가가 지적해 왔듯이 골고다 언덕 위 십자가에 못 박힌 예수 그리스도의 모습과 아주 비슷하다. 그렇다면 이 장면에서 사자는 마놀린뿐만 아니라 성서에 기록된 내용처럼 그리스도와도 합쳐지는 셈이다.

산티아고가 유대 의식이나 상호 의존의 소중함을 깨닫는 데 야구도 중요한 구실을 한다. 평소 헤밍웨이는 미국의 국민 경기라고 할 야구를 무척 좋아했다. 그렇기 때문에 그가 여러 작품에서 야구를 언급하거나 비유적인 의미로 사용하는 것은 그렇게 놀랄 일이 아니다. 『노인과 바다』에서 그는 인간의 유대 의식이나 상호 의존을 보여 주는 상징으로 야구를 사용한다. 그가 역시 좋아하고 작품에 즐겨 다루는 투우나 사파리 사냥, 낚시와 달리 야구는 고도로 발달한 팀 스포츠이다. 한마디로 야구는 협동의 스포츠라고 할 수 있다. 야구에서는 개인 선수가 아무리 경기를 잘해도 다른 선수들과 협력하지 않고는 승리할 수 없다. 인기 선수의 화려한 개인기에 의존하지 않고, 경기장에 나서는 아홉 명의 선수들은 말할 것도 없고 코칭스태프와도 힘을 모아 완벽한 연대를 보여 줄 때 비로소 승리할 수 있다. 그래서 요즈음 경영학에서는 야구를 회사 경영과 비교하곤 한다. 희생정신, 협동 정신, 위기에 대처하는 능력, 타인과의 유대 관계 등을 깨우치는 과정에서 야구는 회사 경영과 크게 다르지 않기 때문이다.

산티아고는 청새치와 씨름하면서도 좀처럼 야구 생각을 뇌리에서 떨쳐 내지 못한다. 그는 현대 문명이 만들어 낸 기계를 싫어하면서도 유독 휴대용 라디오만은 있었으면 하고 바란다. 배에 가지고 다니면서 고기를 잡을 때 언제나 야구 중계를 들을 수 있기 때문이다. 이렇듯 야구는 강박관념처럼 그의 뇌리에 언제나 맴돈다. 마놀린도 산티아고 못지않게 야구를 좋아한다. 한번은 산티아고가 그에게 "우리 아프리카 이야기를 할까, 아니면 야구 이야기를 할까?"라고 묻자, 마놀린은 생각하지도 않고 금방 "야구 이야기가 좋겠어요."라고 대답한다.

산티아고는 미국의 여러 프로 야구 선수 中에서도 소지프 폴 디마지오를 가장 좋아한다. 1936년에서 1951년까지 미국의 뉴욕 양키스 팀에서 외야수로 활약한 디마지오는 그에게 우상과 다름없다. 한번은 마놀린이 그에게 클리블랜드의 인디언스 팀이 승산 있다고 말하자 산티아고는 곧바로 "얘야, 양키스 팀을 믿어라. 그 훌륭한 디마지오 선수가 있잖니."라고 말한다. 이렇게 산티아고가 디마지오를 좋아하는 데는 그럴 만한 까닭이 있다. 물론 그의 아버지가 자신처럼 가난한 어부였다는 사실도 한몫한다. 그러나 무엇보다 그가 어느 선수보다도 협동에 능란하기 때문에 그를 좋아하는 것이다. 개인의 기량이나 타율로 말하자면 그와 비슷하거나 그보다 더 뛰어난 야구 선수들이 없지 않았다. 가령 보스턴 레드삭스 팀의 테드 윌리엄스도 그런 선수 중의 한 사람이다. 그러나 팀 플레이어로서 역량을 발휘하여 야구팬한테서 사랑과 존경을 받은 선수로는 역시 디마지오가 첫손가락에 꼽힌다. 그리고 산티아고는 디마지오가 발꿈치에 뼈돌기가 있다는 약점이 있으면서도 자신의 능력을 유감없이 발휘한다는 점에 더욱 감탄한다. 산티아고는 청새치와 사투하면서 "발뒤꿈치에 뼈돌기가 박혀 있으면서도 그것을 참고 최후까지 멋지게 승부를 겨루는 저 훌륭한 디마지오 못지않은 사람이 되어야지."라고 생각하는 것이다. 연대 의식을 깨닫는 산티아고에게 디마지오는 말하자면 롤 모델인 셈이다.

7

고전의 반열에 오른 문학 작품은 시대마다 새롭게 읽힌다는 말이 있다. 고전은 좀처럼 세월의 풍화작용을 받지 않는 작품이지만 새로운 독자에게 새로운 의미를 주는 작품도 고전이다. 이러한 독서 체험은 심지어 동일한 독자한테서 나타난다. 똑같은 고전 작품이라고 해도 젊었을 때 읽고 느끼는 작품의 의미가 다르고, 나이가 들어서 읽을 때 느끼는 의미가 다르다. 출간된 지 무려 60여 년이 지난 『노인과 바다』도 예외가 아니다. 그 어느 때보다 환경 위기나 생태계 위기가 중요한 의제로 떠오르는 지금, 독자들은 이 소설에서 자연에 대한 새로운 의미를 읽어 낼 수 있다. 이러한 문제가 지금처럼 그렇게 첨예하게 부각되지는 않은 1950년대 초엽에 어니스트 헤밍웨이가 인간 중심주의에 회의를 품고 자연 친화적 태도를 취했다는 사실이 무척 흥미롭다.

산티아고의 자연 친화적인 태도는 그의 삶의 터전인 바다를 바라보는 시각에서 먼저 엿볼 수 있다. 바다를 뜻하는 스페인어는 같은 로망스 계통에 속하는 프랑스어나 이탈리아어와는 다르다. 프랑스에서는 바다를 여성으로 간주해 '라 메르(la mer)'라고 부르는 반면, 이탈리아어에서는 남성으로 간주해 '일 마레(il mare)'라고 부른다. 그러나 스페인어에는 바다를 지칭하는 여성형 명사도 있고 남성형 명사도 있다. 즉 '라 마르(la mar)'라고도 하고 '엘 마르(el mar)'라고도 한다. 그런데 산티아고는 바다를 언제나 여성으로 간주해 '라 마르'라고 부른다. "장미는 어떤 다른 이름으로 불러도 아름다운 그 향기는 변함없다."라고 하는 윌리엄 셰익스피어의 말에 속아 넘어가서는 안 된다. 한 대상을 어떠한 이름으로 부르느냐에 따라 그 대상에 대한 태도가 달라지게 마련이다.

노인은 바다를 늘 '라 마르'라고 생각했는데, 이는 이곳 사람들이 애정을 가지고 바다를 부를 때 사용하는 스페인 말이었다.
물론 바다를 사랑하는 사람들도 바다를 나쁘게 말할 때가 있지
만, 그럴 때조차 바다를 언제나 여자인 것처럼 불렀다. (중략)
노인은 늘 바다를 여성으로 생각했으며, 큰 은혜를 베풀어 주기
도 하고 빼앗기도 하는 무엇이라고 말했다. 설령 바다가 무섭게
굴거나 재앙을 끼치는 일이 있어도 그것은 바다로서도 어쩔 수
없는 일이려니 생각했다. 달이 여자에게 영향을 미치는 것처럼
바다에도 영향을 미치지, 하고 노인은 생각했다.

산티아고는 바다를 여성으로 생각해 '엘 마르'라고 부르지
않고 굳이 '라 마르'라고 부른다. 생태 의식이 강한 민족일수
록 그동안 온갖 곡식을 길러 인간에게 풍요와 다산을 안겨 주
는 땅을 여성으로 간주해 왔다. 여성 중에서도 특히 자식을 낳
아 기르는 어머니에 빗대기 일쑤였다. 아메리카 인디언을 비
롯한 여러 민족은 아직도 땅을 '어머니 대지'니 '대지의 어머
니'라고 부른다. 굳이 먼 데서 확인할 필요도 없이 우리 한민
족도 예로부터 대지를 어머니처럼 숭배했다. 한국의 대지의
여신이라고 할 산신할망(삼승할망)이 바로 그 좋은 예라고 할
수 있다. 할망이란 할머니를 뜻하기도 하지만 본디 한어머니,
즉 큰 어머니를 뜻하였다.
산티아고는 대지는 말할 것도 없고 바다마저도 여성, 더 나
아가 자애로운 어머니로 생각한다. "큰 은혜를 베풀어 주기도
하고 빼앗기도 하는 그 무엇"이라고 말하는 것에서 알 수 있
다. 때로 바다가 무서운 풍랑을 일으켜 인간에게 재앙을 끼치

는 일이 있어도 바다로서는 어쩔 수 없는 일이라고 생각한다. 여성들이 달의 영향을 받듯이 바다도 달한테서 영향을 받기 때문이다. 인간이 대지의 젖을 빨고 살아가는 것처럼 인간은 또한 바나에서 온갖 자양분을 섭취하며 살아간다. 산티아고처럼 이렇게 대지와 바다를 자애로운 어머니라고 생각한다면 자연에 대한 태도는 달라질 수밖에 없을 것이다. 자식이 어머니를 함부로 대할 수 없듯이 인간은 자연을 함부로 대할 수 없는 것이다. 자연을 훼손하는 것은 곧 어머니를 해치는 근친상간이요, 궁극적으로 어머니를 죽이는 친족 살해와 크게 다르지 않기 때문이다. 지모신(地母神)이나 해모신(海母神)을 숭배하는 민족치고 자연 친화적이지 않고 생태적이지 않은 민족은 거의 없다.

한편 산티아고의 반대편에는 신세대에 속하는 젊은 어부 중 몇몇이 있다. 자연과 조화와 균형을 이루면서 살아가는 산티아고와 달리 그들은 바다를 '라 마르'로 부르지 않고 어디까지나 남성으로 간주해 '엘 마르'라고 부른다. 같은 어촌에 살면서 똑같이 고기잡이를 해도 젊은 어부들의 태도는 이렇게 사뭇 다르다.

젊은 어부들 가운데 몇몇 낚싯줄에 찌 대신 부표를 사용하고 상어 간을 팔아 번 큰돈으로 모터보트를 사들인 부류들은 바다를 '엘 마르'라고 남성형으로 부르기도 했다. 그들은 바다를 두고 경쟁자, 일터, 심지어 적대자인 것처럼 불렀다.

산티아고가 낚싯줄과 낚시 그리고 미끼를 사용해 전통적인 방법으로 고기를 잡는 것과는 달리, 젊은 어부들은 낚싯줄을 떠 있게 하는 부표를 사용해 고기를 잡는다. 또한 젊은 어부들은 상어 간을 팔아 번 돈으로 모터보트를 구입하여 고기잡이를 하기도 한다. 한마디로 그들은 전통적 어업 방식을 버리고 현대식 어업 기술에 의존하는 셈이다. 기계문명이 이 조그마한 어촌까지 들어온 것이다. 편리하고 쉽게 고기를 잡을 수만 있다면 젊은 어부들은 어떠한 방법이라도 마다하지 않는다.

그런데 문제는 이러한 차이가 단순히 고기 잡는 방법의 차이가 아니라는 데 있다. 그것은 곧 세계관의 차이요 자연에 대한 태도의 차이라고 할 수 있다. 부표나 모터보트가 상징하듯이 젊은 세대 어부들은 자연을 지배와 종속, 심지어 착취의 대상으로 생각한다. 위 인용문에서 찬찬히 눈여겨볼 것은 젊은 어부들이 바다를 남성형으로 부르면서 "경쟁자, 일터, 또는 심지어 적대자인 것"처럼 부른다는 점이다. 산티아고가 바다를 "큰 은혜를 베풀어 주는" 자애로운 어머니로 부른 것과는 하늘과 땅만큼 큰 차이가 난다. 산티아고에게 바다는 일터일망정 한번도 경쟁자인 적이 없었고 적대자는 더더욱 아니었다. 이 '일터'라는 말도 좀 더 따지고 보면 산티아고와 젊은 세대들이 사용하는 의미가 서로 다르다. 산티아고에게 일터는 삶의 터전을 뜻하지만 젊은 세대에게 일터는 이익을 추구하는 장소를 뜻한다.

이 점에서 젊은 어부들은 이성과 합리의 자식들로 보아 크게 틀리지 않다. 자연과 친화적인 관계를 맺고 있지 않으며 또 자연의 피조물에 대해서도 이렇다 할 관심을 기울이지 않는 그들은 인간과 자연을 대립적인 관계로 파악한다. 즉 인간은 주체인 반면 자연은 객체이며 한낱 지배와 정복의 대상이요 더 나아가 착취의 대상일 뿐이다. 문명이라는 것도 엄밀히 따지면 자연을 조직적으로 지배하고 정복하고 착취한 결과와 다름없다. 그 지배나 정복 또는 착취가 정교하면 정교할수록 문명의 순도는 그만큼 높아진다. 젊은 어부들이야말로 과학과 기술이라는 그럴듯한 이름으로 자연을 훼손하고 오염시켜 오늘날 인류가 겪고 있는 위기를 불러 온 세대를 상징한다고 할 수 있다.

『노인과 바다』에서 헤밍웨이는 또 다른 관점에서 생태주의의 주제를 다룬다. 산티아고와 청새치의 피나는 싸움을 보면 얼핏 이 작품이 인간이 그에게 적의를 품거나 기껏 무관심한 태도를 취하는 냉혹한 자연에 맞서 투쟁하는 내용이라고 생각하기 쉽다. 미국 소설가 중에서 스티븐 크레인이나 잭 런던 같은 자연주의 작가들은 실제로 여러 작품에서 이러한 주제를 다루었다. 그러나 헤밍웨이는 그들 자연주의 작가들과는 조금 다르다. 인간과 자연의 투쟁이 아니라 인간과 자연의 관계, 인간이 자연 속에서 살아가는 모습을 다룬다고 말하는 쪽이 훨씬 더 정확할 것이다. 젊은 세대의 어부들과는 달리 산티아고는 좀처럼 인간(주체)과 자연(객체)을 대립적인 관계로 보지 않는다. 그에게 인간은 어디까지나 자연의 일부요, 좀 더 과학적으로 말하자면 생태계의 소중한 구성원일 뿐이다. 인간과 자연은 마치 육체와 영혼의 관계처럼 서로 떼어서 생각

할 수 없다. 육체를 영혼에서 분리하는 순간 사멸하듯이 인간
도 자연에서 분리되자마자 그 존재 이유를 상실하게 되기 때
문이다.

산티아고는 바다에 사는 온갖 생물에게 깊은 관심과 애정
을 기울인다. 종류나 크기에 상관없이 바다에 사는 동물은 하
나같이 그의 다정한 친구들이요 한부모에게서 태어난 형제자
매들이다. 예를 들어 그는 날치를 비롯한 물고기를 다정한 친
구로 생각하는데, "날치를 무척이나 좋아하여 날치를 바다에
서는 가장 친한 친구로 생각"할 정도이다. 또한 산티아고는
바닷새들을 가엾게 생각한다. 그중에서도 언제나 날아다니면
서 먹이를 찾지만 얻는 것이라곤 거의 없는 조그마하고 연약
한 제비갈매기를 특히 가엾게 생각한다. 산티아고는 "새들은
우리 인간보다 더 고달픈 삶을 사는구나." 하고 생각하는가
하면 "이런 대단한 새나 짐승과 비교해 보면 인간이란 그리
대단한 게 못 돼."라고 말하기도 한다. 산티아고는 마찬가지
로 휘파람새도 친구로 생각한다. 휘파람새 한 마리가 북쪽에
서 조각배를 향해 날아와 낚싯줄에 앉아 잠시 휴식을 취하는
모습을 보고 그에게 말을 건넨다. "너 몇 살이냐? 이번 여행이
첫 나들이인 거야?"라고 마치 어린아이에게 묻듯이 다정하
게 말을 건다. 휘파람새가 가냘픈 발가락으로 낚싯줄을 꽉 움
켜잡고 있자 산티아고는 그에게 "줄은 튼튼해. 아주 단단하다
고. 간밤에는 바람 한 점 없었는데 그렇게 지쳐서야 되겠니."
라고 말하면서 안쓰럽게 생각하기도 한다.

물론 여기에도 예외는 있다. 산티아고는 물속에서 치명적인

자줏빛 사상체를 길게 늘어뜨린 채 물거품처럼 유유히 둥실둥실 떠다니며 먹이를 잡아먹는 고깔해파리를 무척 싫어한다. 이 생물을 보자 그는 "아구아 말라로구나. 갈보 년 같으니."라고 내뱉는다. 겉모습은 무지갯빛처럼 아름답지만 속으로는 치명적인 독을 지니고 있기 때문이다. 그래서 그는 큼직한 바다거북이 고깔해파리를 먹어 치우는 것을 보면 기분이 좋다. 또 폭풍우가 지나가고 난 뒤 해안으로 떠밀려 온 고깔해파리 위를 걸을 때 퍽퍽 하고 나는 소리를 듣는 것도 좋아한다.

산티아고는 심지어 자신이 잡은 청새치에 대해서도 미안하게 생각한다. 젊은 세대에 속한 어부들과는 달리 그는 자신이 낚는 고기를 단순히 물리쳐야 할 적대자나 경쟁자로 보지 않기 때문이다. 비록 죽이기는 했지만 청새치에게 적잖이 연민을 느낀다. 예를 들어 자신은 다랑어라도 잡아 허기를 채웠지만 꼬박 사흘 동안이나 아무것도 먹지 못한 채 자신과 사투를 벌이고 있는 청새치가 왠지 불쌍하다는 생각마저 든다. 산티아고는 청새치를 '친구'로 간주하는가 하면, 또 어떤 때는 '형제'라고 부르기도 한다. 그는 "하기야 저 고기도 내 친구이긴 하지. (중략) 저런 고기는 여태껏 본 적도, 들은 적도 없어. 하지만 나는 저놈을 죽여야만 해." 하고 말한다. 또 산티아고는 "고기야, 네놈이 지금 나를 죽이고 있구나."라고 생각하면서도 "하지만 네게도 그럴 권리는 있지. 한데 이 형제야, 난 지금껏 너보다 크고, 너보다 아름답고, 또 너보다 침착하고 고결한 놈은 보지 못했구나. 자, 그럼 이리 와서 나를 죽여 보려무나. 누가 누구를 죽이든 그게 무슨 상관이란 말이냐." 하고 말하기도 한다. 심지어 산티아고는 청새치를 성자에 빗대기도 한다. "눈은 잠망경의 반사경처럼, 행렬에 끼어 걸어가는 성자(聖者)의 눈처럼 초연했다."라고 묘사한다.

그렇다면 산티아고가 온갖 희생을 무릅쓰고 청새치를 잡는 행동을 어떻게 설명해야 할까? 한마디로 그것은 자연의 법칙이나 질서에 따른 행동일 뿐이다. 자연 속에서 식물과 동물은 서로 먹고 먹히며 살아간다. 이러한 자연의 법칙은 생태계를 유지하는 기본 원칙이다. 인간은 물고기를 죽이지 않고서는 살아갈 수 없다. 예를 들어 인간은 청새치를 잡아먹고 살아가고, 청새치는 고등어나 청어 같은 작은 물고기를 먹고 살아가며, 고등어나 청어는 새우 같은 갑각류를 먹이로 해서 살아간다. 새우는 규조류 같은 동물성 플랑크톤을 먹고 살아가고, 동물성 플랑크톤은 식물성 플랑크톤을 먹고 살아간다. 이것이 곧 해양 생태계의 먹이 피라미드이다. 산티아고는 "이 세상의 모든 것은 어떤 형태로든 다른 것들을 죽이고 있어."라고 생각한다. 상어가 산티아고가 잡은 청새치를 뜯어먹는 것도 먹이사슬의 관점에서 보면 당연한 일이다. 상어나 고래는 청새치를 먹고 살아가기 때문이다.

청새치를 뱃전에 동여매고 항구로 돌아오는 장면에서는 누가 어부(인간)이고 누가 고기(자연)인지 좀처럼 구별할 수 없다. 방금 앞에서 포식자와 먹이의 관계를 언급했지만 이 장면에서 그 둘은 하나로 결합되어 서로 구분 짓기란 여간 어렵지 않다. 산티아고는 "우리는 지금 마치 형제처럼 항해하고 있지 않은가."라고 생각하면서도 도대체 누가 누구를 항구로 끌고

가는지 모르겠다고 말한다.

　고기가 나를 데려가고 있는 건가, 아니면 내가 고기를 데려 가고 있는 건가, 하고 그는 생각했다. 만약 내가 고기를 뒤에 두고 끌고 가고 있는 것이라면 아무런 문제가 없어. 고기 놈이 모든 위엄을 잃어버린 채 지금 배 안에 있다고 해도 역시 아무 런 문제가 없지. 하지만 고기와 배는 지금 서로 묶인 채 나란 히 항해하는 중이야. 만약 고기 놈이 나를 데리고 가는 거라면 그렇게 하라지, 하고 그는 생각했다. 내게는 꾀가 있어 저놈보 다 나은 것일 뿐 저놈은 내게 아무런 적의도 품고 있지 않았 거든.

　산티아고가 형제처럼 사랑하고 존중하는 것은 비단 바다에 사는 동식물에 그치지 않는다. 그는 심지어 하늘에 떠 있는 별 과 달 그리고 해 같은 무생물한테도 생명이 있다고 생각한다. 청새치와 싸우며 정신을 바짝 차려야 한다고 생각하면서 "(내 정신은) 나와 형제 사이인 별처럼 맑아. 하지만 잠은 역시 자야 해. 별도 잠을 자고 달과 해도 잠을 자지 않는가. 심지어는 조 류가 없는 아주 조용한 날이면 드넓은 바다도 가끔 잠들 때가 있지."라고 말한다. 돌덩어리에 지나지 않는다고 생각되는 별 과 달과 해도 인간처럼 잠을 잔다고 생각하는 것이 무척 신선 하다. 이렇게 새한테 말을 걸고 별과 달과 해 같은 천체도 잠 을 잔다고 생각한다는 점에서 산티아고는 12~13세기에 이탈 리아의 아시시에 살았던 성(聖) 프란체스코와 아주 비슷하다.

아시시의 성인은 일찍이 별과 달과 해는 말할 것도 없고 바람과 공기, 구름까지도 형제자매로 불렀던 것이다. 어떤 의미에서 산티아고는 성 프란체스코보다도 생태 의식이 더욱 뛰어나다고 할 수 있다.

자연에 대한 헤밍웨이의 태도는 궁극적으로는 방금 앞에서 언급한 인간의 연대 의식이나 상호 의존 정신과 서로 맥이 닿아 있다. 인간에 대한 이러한 의식이나 정신을 자연 세계로 확대해 놓은 것이 곧 그의 자연관이기 때문이다. 마지막 작품인 『노인과 바다』에 이르러 헤밍웨이는 단순히 인간의 문제를 뛰어넘어 자연의 문제에까지 관심을 기울인다. 초기 작품『태양은 다시 떠오른다』와『무기여 잘 있어라』에서 보여 준 개인주의는『유산자와 무산자』와『누구를 위하여 종은 울리나』에서는 공동체 의식으로 발전하고『노인과 바다』에서 이제 마침내 우주의 모든 개체와 종을 함께 아우르는 최고의 단계에 이르게 되었던 것이다.

8

『노인과 바다』에서 헤밍웨이는 내용이나 주제적 측면뿐만 아니라 형식과 스타일에서도 그 이전의 작품을 계승하면서 독특한 방법으로 발전시켰다. 빙산 이론에 입각해 감정을 응축하고 억제해서 표현하는 '언더스테이트먼트' 수법, 간결하고 박진감 있는 문장을 구사하는 하드보일드 스타일, 그리고 사실주의 전통에 굳건히 서 있으면서도 이미지와 상징을 효과적으로 구사하는 방식 등 헤밍웨이의 문학적 상표라고 할 특징이 이 작품에서 더욱 찬란한 빛을 내뿜는다. 윌리엄 포크너가 일찍이 아무런 유보도 두지 않고 『노인과 바다』를 헤밍웨이의 작품 중에서 '최고의 걸작'이라고 찬사를 아끼지 않은 까닭도 바로 여기에 있다. 이 작품에 대해 포크너는 "이번에는 그가 신, 즉 창조자를 찾아냈다."라고 밝혔다.

헤밍웨이는 빙산을 예로 들면서 8분의 7이 물속에 잠기고 나머지 8분의 1만이 수면에 떠오르는 빙산처럼 훌륭한 소설가라면 감정을 헤프게 드러내지 않고 그 일부만을 드러내어 나머지 감정을 표현해야 한다고 주장한다. 그래서 그는 빙산의 일각만을 보여 주는 수법을 즐겨 사용한다. 그의 작품들에서 단순하고 소박한 문장이 겉으로 보이는 것보다 훨씬 더 함축적이고 의미심장한 까닭이 바로 여기에 있다. 이러한 예는 『노인과 바다』에서도 쉽게 찾아볼 수 있다. 이미 앞에서 언급했듯이 자연에 대한 태도와 관련해 아바나 근교 어촌의 어부를 두 부류로 나눈 데서도 단적으로 드러난다. 언뜻 보면 단순히 바다를 '라 마르'라고 부르는 어부들과 '엘 마르'라고 부르는 어부들의 두 부류로 구분 짓는 것 같지만, 실제로는 삶의 방식에서 자연관에 이르기까지 세계관에 따라 어부들을 나누는 셈이다.

헤밍웨이 특유의 하드보일드 스타일은 『노인과 바다』 곳곳에서 엿볼 수 있다. 그는 고대 그리스어나 라틴어에서 갈라져 나온 긴 음절 어휘보다는 앵글로색슨 계통의 짧고 단순한 순

수 토박이말을 살려 구사한다. 문장 구성도 관계대명사로 연결하는 복잡한 복문을 피하고 될 수 있는 대로 직접적인 단문이나 중문을 사용한다. 또 묘사 방법도 사실에 바탕을 두어 독자들이 실제로 눈앞에서 직접 보는 것처럼 생생하게 묘사한다. 헤밍웨이가 구사하는 하드보일드 문장은 주인공 산티아고가 살고 있는 오두막집처럼 이렇다 할 장식이 없이 무척 소박하다. 소박하다 못해 빈약하다고 할 정도이다. 헤밍웨이는 "산문이란 실내 장식이 아니라 건축이다. 그리고 바로크 건축 양식은 이제 끝이 났다."라고 말한 적이 있다. 그의 말처럼 이 작품의 문체는 화려한 실내 장식이 아니라 건축이며, 건축 중에서도 베르사유 궁전 같은 바로크식 건축이 아니라 뉴욕의 록펠러센터 빌딩 같은 모더니즘 건축 양식이다. 모더니즘 건축 양식이 그러하듯이 헤밍웨이 문체는 형식보다는 기능에 무게를 싣기 때문에 힘차고 강렬한 인상을 준다.

마침내 노인은 돛대를 내려놓고 자리에서 일어섰다. 그리고 다시 돛대를 집어 어깨에 메고 길 위쪽으로 올라가기 시작했다. 오두막집에 도착할 때까지 노인은 다섯 번이나 쉬어야 했다.

위 인용문에서도 볼 수 있듯이 헤밍웨이는 좀처럼 복문은 사용하지 않고 오직 단문을 사용하거나 단문을 접속사로 연결한 중문을 사용한다. 번역문에서는 잘 드러나 있지 않지만 등위접속사 'and'를 첫 문장에서 한 번, 두 번째 문장에서 두 번 사용하고, 세 번째 문장에서는 종속접속사 'before'를 한 번 사용할 뿐이다. 관계대명사는 눈을 씻고 찾아도 찾아볼 수가 없다. 모더니즘 건축가들이 철근과 유리로 건물을 짓듯이 헤밍웨이는 이 두 접속사로 문장의 집을 짓고 있는 것이다. 이러한 점에서 헤밍웨이는 동시대 작가 윌리엄 포크너와 크게 다르다. 포크너의 문체는 바로크 건축 양식을 쉽게 떠올릴 만큼 길이가 긴 데다 수사적이고 화려하기 그지없다.

그런데 헤밍웨이가 이렇게 짧고 힘찬 문체를 구사하는 방법을 익힌 것은 작가가 되기 전 신문기자 생활을 한 것과 깊이 연관되어 있다. 그는 1917년 고등학교를 졸업하자마자 대학 진학을 포기하고 《캔자스시티 스타》 신문사의 수습기자로 취직했다. 이때 그는 신문사의 기사 집필 요령에 따라 엄격한 훈련을 받았던 것으로 알려져 있다. 제1차 세계대전에 참전한 뒤인 1920년에는 캐나다의 온타리오 주 토론토로 이주해 잠시 《토론토 스타》지의 기자로 일한 적도 있다. 또 이 무렵 미국 문단의 대가격인 셔우드 앤더슨한테서 받은 추천장을 들고 프랑스 파리로 건너가 작가 수업을 받으면서도 해외 특파원 자격으로 저널리즘과 계속 관계를 맺고 있었다. 신문 기사를 작성할 때는 육하원칙에 따라 사실을 객관적으로 보도하는 것을 중요하게 생각하게 마련이다. 물론 그렇다고 그가 단순히 신문 기사를 쓰듯이 소설을 썼다는 말은 아니다. 저널리즘 문체처럼 단순하고 강건한 문장을 구사하되 이미지나 상징 또는 모티프 등을 도입할 뿐만 아니라 적절한 수사법을 구사하여 때로는 시의 수준으로 끌어올린다. 독일 문호 요한 볼프강 폰 괴테의 자서전 제목인 '시와 진실'에 빗대어 말하자면 헤밍웨이는 '진실'

과 '시' 두 가지 중에서 어느 한쪽을 택하기보다는 두 쪽 모두에 똑같이 관심을 기울인 것이라고 할 수 있다.

소설에서 시적 장치나 수법을 효과적으로 적절하게 구사한다는 점에서 헤밍웨이는 단순히 자연주의자나 사실주의자로 볼 수 없다. 어떤 면에서 상징주의자요 이미지스트로 볼 수 있다. 물론 그는 의도적으로 이미지나 상징을 사용하지는 않는다. 노벨 문학상을 수상한 직후 1954년 미국의 시사 잡지《타임》과의 인터뷰에서 헤밍웨이는 "어떤 훌륭한 책도 작가가 미리 상징을 염두에 두고 쓴 적이 없다. (중략) 나는 진짜 노인과 진짜 소년, 진짜 바다, 그리고 진짜 물고기와 진짜 상어들을 그리려고 애썼다. 그러나 만약 내가 그것들을 충실히 제대로 그려 냈다면 그들은 많은 것을 의미할 것이다."라고 말한 적이 있다. 그의 작품에서 상징이나 이미지 같은 형식은 작품의 내용이나 주제와 분리할 수 없을 만큼 유기적으로 결합되어 있다.

예를 들어 헤밍웨이는 작중인물들에게 이름을 붙일 때조차 될 수 있는 대로 상징성을 부여하려고 했다. 가령 주인공 산티아고(Santiago)의 이름은 예수 그리스도의 열두 제자 중 한 사람인 성(聖) 야고보(성 제임스)를 스페인어로 표기한 것이다. 제베대오의 아들인 야고보는 사도 요한과 형제 관계이다. 또 다른 사도인 알패오의 아들 야고보와 이름이 같기 때문에 혼동을 피하기 위해 흔히 '대(大)야고보'라고도 부른다. 야고보는 동생 요한과 함께 아버지를 도와 갈릴리 호숫가에서 어부로 일하다가 예수를 만나 같은 직업을 가진 베드로, 안드레아와 함께 그의 부름을 받았다. 「마태복음」에 따르면 예수의 부름을 듣자 그들은 곧 배를 버리고 아버지를 떠나 예수를 따라갔다. 야고보는 회화에서 흔히 말을 탄 채 한 손에는 순례자의 종을, 다른 손에는 칼을 들고 무어인을 무찌르는 모습으로 그려져 있다. 스페인과 과테말라와 니카라과의 수호성인이기도 하다. 적어도 고기를 낚는 어부라는 점에서 산티아고와 야고보는 같다.

산티아고를 따르는 충실한 사도라고 할 마놀린(Manolin)은 상어를 뜻하는 스페인어 '마노'와 빛난다는 뜻의 '린'이 결합한 말이다. 눈부시게 아름다운 상어라는 뜻이다. 얼핏 보면 산티아고가 목숨을 걸고 잡은 청새치를 뜯어먹는 것이 상어이므로 부정적인 의미를 지니고 있는 것 같지만 실제로는 꼭 그렇지만도 않다. 상어라도 자태가 아름답게 빛을 내뿜는 상어이다. 무엇보다 바다와 관련되어 있는 데다, 스승인 산티아고에게 힘과 도전을 주는 이름이기도 하다. 산티아고는 어부들이 선구를 맡겨 두는 오두막집의 커다란 드럼통에서 날마다 상어의 간유를 한 잔씩 마신다. 상어의 간유는 온갖 감기와 독감에 아주 효력이 있고 눈에도 좋기 때문이다. 마놀린은 산티아고에게 힘과 용기를 붙어넣어 준디는 점에서 상어의 간유 같은 역할을 한다고 볼 수 있다.

마을에서 가게를 하면서 산티아고에게 검정콩 밥을 비롯해 바나나 튀김과 스튜 같은 음식을 주는 마르틴(Martin)의 이름도 생각해 보면 예사롭지 않다. 마르틴은 다름 아닌 성(聖) 마르탱의 이름에서 따온 것이다. 성 마르탱은 일생 동안 가난한 사람을 위해 몸을 바친 사제로 유명하다. 평소 자비심과 동정심이 많던 그는 자신이 소유한 물건을 모두 가난하고 불쌍한 사람들에게 나누어 주곤 했다. 군에 입대해 갈리아의 아미앵에 파견되었을 때, 마르탱은 날씨가 몹시 추운 어느 겨울날 도시의 성문에서 몸에 걸친 것이 거의 없이 추위에 벌벌 떨고 있는 가난한 거지 한 사람을 만난다. 이 불쌍한 거지를 보자 마르탱은 곧 자신이 입고 있던 외투를 벗어 칼로 두 동강 내어 한쪽은 그에게 주고 다른 한쪽은 자신의 몸에 걸친다. 마르탱이 걸친 반 토막 외투는 뒷날 유명한 성보(聖寶)가 되어 프랑크족 왕들의 기도실에 보관되었다. 16세기 스페인 화가 엘 그레코가 그린 「성 마르탱과 거지」는 바로 이 일화를 형상화한 작품이다.

이미 앞에서 사자와 야구를 예로 들었지만 『노인과 바다』에서 가장 일관되게 사용하는 것으로는 역시 기독교적 상징이나 이미지를 빼놓을 수 없다. 산티아고는 여러모로 예수 그리스도와 닮아 있는 인물이다. 무엇보다 산티아고가 청새치를 잡는 장면은 그리스도의 십자가 처형 장면과 비슷하다. 예를 들어 낚싯줄을 힘껏 잡아당기다가 그 압력 때문에 손바닥에 상처가 날 때 십자가에 못 박히는 장면을 떠올릴 독자들이 적지 않을 것이다. 상어 떼의 공격을 받을 때도 산티아고는 십자가 위에서 손바닥에 못이 박힐 때 그리스도가 질렀던 소리와 비슷한 소리를 지른다.

"아!" 노인이 큰 소리로 외쳤다. 이 외침 소리는 다른 어떤 말로도 옮겨놓을 수 없었다. 손바닥을 뚫고 널빤지에 못이 박히는 것을 느낄 때 무의식적으로 지르는 그런 소리라고나 할까.

이 소설의 화자가 어떤 다른 말로 옮겨 놓을 수 없다고 말하는 "아!"라는 외침 소리는 원문에 스페인어 감탄사 'Ay'로 나온다. 이 스페인어 감탄사는 영어 'Ah'나 'Oh', 한국어의 '아!'나 '아이고!'에 가깝다. "손바닥을 뚫고 널빤지에 못이 박히는 것을 느낄 때"라고 말하는 것을 보면 헤밍웨이는 틀림없이 그리스도의 십자가 처형을 염두에 두고 있었을 것이다. 사흘 동안의 사투 끝에 항구에 도착한 뒤 산티아고가 돛대를 어깨에 걸머메고 넘어지면서 언덕 꼭대기에 있는 오두막집에 오르는 이미지도 그리스도가 십자가를 걸머메고 골고다 언덕을 오르는 모습과 비슷하다. 그리고 마지막으로, 앞에서 언급했듯이 오두막집에 도착해 침대에 두 팔을 벌리고 누워 있는 모습도 십자가 위에서 고통 받는 그리스도의 모습을 떠올리기에 충분하다. 헤밍웨이는 이러한 기독교적 상징이나 이미지를 빌려 산티아고의 고통과 희생과 겸손을 보여 준다. 또한 상실을 이득으로, 패배를 승리로, 심지어 죽음을 부활로 바꾸는 영웅적 모습을 보여 주기도 한다.

마지막으로 헤밍웨이는 『노인과 바다』에서 심리적 거리를 확보하기 위해 이야기하는 방식에서도 실험을 꾀한다. 이 작품은 "그는 멕시코 해류에서 조각배를 타고 홀로 고기잡이하는 노인이었다."라는 문장으로 시작한다. 또 이 작품은 "노인은 사자 꿈을 꾸고 있었다."라는 문장으로 끝을 맺는다. 이렇게 작가는 소설의 처음과 끝을 3인칭 전지적 시점에서 기술한다. 육지에서 벌어지는 일을 묘사할 때는 역사적 사실을 객관적으로 보고하듯이 3인칭 전지적 시점에 의존해 기술한다. 다시 말해 작가는 산티아고와 일정한 거리를 두고 기술하거나 묘사한다.

그러나 산티아고가 육지를 떠나 망망대해에서 고기를 잡는 동안 헤밍웨이는 크게 세 가지 서술 기법을 사용한다. 첫째는 주인공이 혼잣말을 하게 만드는 것이다.

"만약 남들이 내가 큰 소리로 혼자 지껄이는 것을 들으면 아마 나더러 미쳤다고 하겠지. 하지만 나는 미치지 않았으니 상관없어. 돈 있는 어부들은 배 안까지 라디오를 가지고 와서 이야기도 듣고 또 야구 중계도 듣지." 그가 큰 소리로 말했다.

헤밍웨이는 산티아고가 혼잣말을 하는 경우에도 마놀린과 나누는 보통 대화처럼 큰따옴표를 사용한다. 다만 차이가 있다면 "혼잣말을 했다."라느니 "스스로에게 말했다."라느니 하는 표현을 사용하는 것이다. 독자 말고는 그의 혼잣말을 옆에서 듣는 사람이 없기 때문에 연극에 빗대자면 독백보다는 방백에 가깝다.

두 번째 방법은 주인공 산티아고가 생각하는 것을 그대로 옮겨 놓는 것이다. 헤밍웨이는 주인공의 머릿속이나 의식 속에 들어가 그의 생각을 독자들에게 전달하는 역할을 한다. 이때 작가는 "……, 하고 그는 생각했다."라는 표현을 사용한다.

이 두 번째 방법에서는 작가와 작중인물 사이의 심리적 거리가 가장 짧다.

희망을 버린다는 건 어리석은 일이야, 하고 그는 생각했다. 더구나 그건 죄악이거든. 죄에 대해서는 생각하지 말자, 하고 그는 생각했다. 지금은 죄가 아니라도 생각할 문제들이 얼마든지 있으니까. 게다가 나는 죄가 뭔지 아무것도 모르고 있지 않는가.

헤밍웨이가 사용하는 세 번째 서술 방법은 산티아고가 하는 혼잣말과 생각을 결합하는 것이다. 방백이나 제한된 의식의 흐름 수법을 구사함으로써 작가는 작중인물과의 심리적 거리를 첫 번째 수법과 두 번째 수법의 중간 사이에서 유지할 수 있다.

만약 잘라 낼 수 있어 노의 손잡이에 그것을 잡아맸다면 얼마나 훌륭한 무기가 되었겠는가. 그랬더라면 우리는 함께 싸울 수가 있었을 텐데. 한밤중에 상어 놈들이 다시 공격해 오면 어떻게 하지? 어떻게 할 작정이냐고?

이 세 번째 방법은 흔히 묘출 화법이라고도 부른다. 직접화법과 간접화법의 중간에 해당하는 제3의 방법이다. 부사, 시제, 대명사는 간접화법으로 바꾸되 어순만은 직접화법 그대로 유지하기 때문에 생동감 있게 묘사할 수 있다는 이점이 있다. 위 인용문의 첫 문장을 첫 번째 수법으로 표현한다면 "'만약 잘라 낼 수 있어 노의 손잡이에 그것을 잡아맸다면 얼마나 훌륭한 무기가 되었겠는가?' 그는 혼잣말을 했다."가 될 것이다. 또 두 번째 수법으로 바꾼다면 "만약 잘라 낼 수 있어 노의 손잡이에 그것을 잡아맸다면 얼마나 훌륭한 무기가 되었겠는가, 하고 그는 생각했다."가 될 것이다.

『노인과 바다』를 번역하는 데 미국 뉴욕의 찰스 스크리브너판을 원전으로 삼았다. 헤밍웨이의 모든 작품은 해적판을 제외하고는 하나같이 이 출판사에서 출간되었다. 『노인과 바다』는 그동안 같은 출판사에서 양장본과 반양장본의 형태로 여러 번 판을 달리하여 거듭 출간되었는데도 곳곳에서 탈자나 오자가 엿보인다. 가령 "al he time"은 누가 보더라도 틀림없이 "all the time"의 오식이다. 또 "with the swinging of the pulling"에서도 앞뒤 문맥으로 미루어보면 'of'는 'or'의 오식일 가능성이 크다. 이렇게 몇몇 잘못된 곳은 각주에 별도로 밝히지 않고 고쳐 가면서 번역했음을 밝혀 둔다.

2011년 12월

김욱동

작가 연보

1899년   7월 21일 미국 일리노이 주의 오크파크에서 의사
인 아버지 클래런스 헤밍웨이와 음악 교사 그레이
스 헤밍웨이의 여섯 자녀 중 둘째로 출생.

1913년   오크파크 고등학교(후에 오크파크 및 리버포리스트
고등학교로 개명) 입학. 재학 시절 저널리스트와 작
가로서 재능을 보임.

1917년   고등학교 졸업. 10월 대학 입학을 포기하고 《캔자
스시티 스타》 신문사의 수습기자로 취직. 이때 득
유의 '하드보일드(강건체)' 문체를 익히기 시작.

1918년   4월 신문기자를 그만두고 제1차 세계대전에 참전
하기 위해 미 육군에 자원하지만 권투 연습 중 다
친 시력 때문에 입대가 거부됨. 5월 23일 미 적십
자 부대의 앰뷸런스 운전사로 지원해 이탈리아 전

선에 투입됨. 7월 8일 이탈리아 북부 포살타 디 피아베에서 박격포 포탄 및 중기관총 사격을 당해 두 다리에 중상을 입음. 이탈리아 정부로부터 무공훈장을 받음. 밀라노 육군병원에서 치료를 받던 중 여섯 살 연상인 미국 간호장교 애그니스 본 쿠로스키와 사랑에 빠짐.

1919년   제1차 세계대전 휴전 후 미국에 돌아오지만 나이가 어리다는 이유로 애그니스 본 쿠로스키로부터 결혼을 거절당함.

1920년   어린 시절부터 계속된 어머니와의 불화로 집을 나감. 캐나다의 온타리오 주 토론토로 이주해 《토론토 스타》지의 기자로 일함. 이해 말 시카고로 돌아와 주식 투자 잡지사에서 편집인으로 잠시 일함. 이무렵 소설가 셔우드 앤더슨과 친교를 맺기 시작.

1921년   9월 3일 해들리 리처드슨과 결혼. 11월 《토론토 스타》 및 《스타 위클리》의 기자 겸 해외 특파원 자격으로 파리에 감. 이때 셔우드 앤더슨이 파리에 거주하는 미국 작가 거트루드 스타인에게 추천서를 써 줌. 파리에 머물면서 '국외 추방 작가'들과 교류하며 문학 수업을 받음.

1922년   《토론토 스타》 특파원 자격으로 그리스-터키 전쟁을 취재하기 위해 오늘날의 터키 이즈미르에 해당하는 스미르나를 여행함. 파리에서 에즈라 파운드와 거트루드 스타인에게서 소설 작법을 배움.

12월 해들리가 파리의 리옹 역에서 헤밍웨이의 미발표 원고 전부를 분실.

1923년 임신 중인 아내 해들리와 함께 스페인의 팜플로나로 투우 구경을 감. 10월, 첫아들 존 해들리(범비) 출생. 그 때문에 잠시 토론토를 방문. 7월『세 편의 단편과 열 편의 시(Three Stories and Ten Poems)』를 한정판으로 파리에서 출간.

1924년 포드 매덕스 포드를 도와《트랜스아틀랜틱 리뷰》지를 편집함. 1월 단편 소품집『우리 시대에(in our time)』를 파리에서 출간. 아내와 존 더스패서스 등과 함께 스페인의 팜플로나를 두 번째로 여행.

1925년 7월 아내와 어린 시절의 친구 빌 스미스 등과 함께 스페인의 팜플로나를 세 번째로 여행. 4월 파리의 '딩고 바'에서 세 살 위인 F. 스콧 피츠제럴드를 만나 교류하게 됨. 10월 자전적인 인물인 닉 애덤스를 주인공으로 하는 일련의 단편소설이 수록된『우리 시대에(In Our Time)』를 미국의 보니 앤드 라이브라이트 출판사에서 출간. 오스트리아 슈룬스에서 겨울을 보냄.

1926년 스콧 피츠제럴드의 소개로 미국의 유수 출판사 찰스 스크리브너와 편집자 맥스웰 퍼킨스를 알게 됨. 5월 셔우드 앤더슨을 패러디한 중장편소설『봄의 계류(The Torrents of Spring)』를 찰스 스크리브너에서 출간. 그 후 헤밍웨이의 모든 작품은 이 출판사에서 출간됨. 6월 아내 해들리와 두 번째 아내가 될 폴린 파이퍼와 함께 스페인의 팜플로나를 여행. 10월 『태양은 다시 떠오른다(The Sun Also Rises)』를 출간.

1927년 4월 해들리와 이혼하고 한 달 뒤 파리《보그》지에서 근무하던 부유한 패션 작가 폴린 파이퍼와 재혼. 10월 단편집 『여자 없는 남자(Men Without Women)』를 출간.

1928년 프랑스 파리를 떠나 미국 플로리다 주 키웨스트로 이주. 1950년대까지 이곳에서 살면서 주요 작품을 집필. 6월 둘째 아들 패트릭 출생. 12월 아버지가 권총으로 자살.

1929년 9월 『무기여 잘 있어라(A Farewell to Arms)』를 출간. 상업적으로 성공한 첫 작품으로 출간 4개월 만에 8만 부가 판매됨.

1931년 11월 셋째 아들 그레고리 핸콕 출생.

1932년 9월 투우에 관한 논픽션 『오후의 죽음(Death in the Afternoon)』을 출간.

1933년 10월 단편집 『승자에게는 아무것도 주지 마라 (Winner Take Nothing)』를 출간. 아프리카 케냐로 10주에 걸친 사파리 사냥을 감.

1935년 10월 아프리카 사파리를 다룬 논픽션 『아프리카의 푸른 언덕(Green Hills of Africa)』을 출간.

1937년 북아메리카신문연맹(NANA)의 통신 특파원 자격으로 스페인 내전을 취재. 이때 공화정부파를 지원해 저술과 강연 등을 통해서 모금 활동을 함. 10월 『유산자와 무산자(To Have and Have Not)』를 출간.

1938년 6월 선전 영화 대본인 『스페인의 땅(The Spanish Earth)』을 출간. 10월 『제5열 및 최초의 49단편(The Fifth Column and the First Forth-Nine Stories)』을 출간. 「제5열」은 헤밍웨이의 유일한 희곡 작품.

1939년 11월 폴린 파이퍼와 별거하고 쿠바 아바나 교외에 저택을 구입해 '전망 좋은 농장'이라는 뜻의 '핑카 비히아'로 명명하고 그곳으로 이주.

1940년 11월 작가이자 신문기자인 마사 겔혼과 세 번째로 결혼. 6월 희곡 작품 『제5열』을 단행본으로 출간. 10월 『누구를 위하여 종은 울리나(For Whom the Bell Tolls)』를 출간.

1942년 제2차 세계대전 중 미 해군에 자원해 자신의 보트 '필라'호로 쿠바 해안에서 독일 잠수함을 수색하지만 한 척도 발견하지 못함. 10월 전쟁 이야기를 모은 『싸우는 사람들(Men at War)』을 편집하고 서문을 씀.

1943년 신문 및 잡지 특파원으로 유럽 전쟁 취재 시작.

1944년 《콜리어》지의 전쟁 특파원으로 연합군의 노르망디 상륙작전과 독일 진격 등을 취재하고 파리 입성에도 참가. 런던에서 신문기자이자 특파원인 메리 웰시를 만나 사귀기 시작.

1946년 3월 메리 웰시와 네 번째로 결혼한 뒤 쿠바와 미국 아이다호 주 케첨에서 살기 시작.

1947년 제2차 세계대전 중 독일 잠수함 수색에 공헌한 점을 인정받아 미국 정부로부터 훈장을 받음.

1950년 9월『강을 건너 숲속으로(Across the River and Into the Trees)』를 출간.

1951년 6월 어머니 사망.

1952년 9월『노인과 바다(The Old Man and the Sea)』를《라이프》지에 발표한 후 단행본으로 출간.

1953년 『노인과 바다』로 퓰리처상 소설 부문 수상. 메리 웰시와 함께 동아프리카로 두 번째 사파리 사냥 여행을 떠남.

1954년 1월 아프리카에서 연이은 두 번의 비행기 사고와 들불로 중상을 입음. 한때 헤밍웨이가 사망했다는 풍문이 전 세계에 퍼짐. 12월 미국 작가로서는 다섯 번째로 노벨 문학상 수상.

1959년 스페인을 방문해 투우 관람. 이 무렵 건강이 계속 악화됨.

1960년 샌프란시스코에서『시 선집(Collected Poems)』이 작가의 허가 없이 출간됨.

1961년 쿠바를 영원히 떠남. 그동안 헤밍웨이와 친교를 맺어 온 피델 카스트로가 권좌에 오름. '핑카 비히아'를 정부에서 소유하다 뒷날 헤밍웨이 박물관

으로 개조. 우울증, 알코올중독증, 기타 질병에 시
달리다 7월 2일 캐첨의 자택에서 엽총으로 자살.
가톨릭 의식으로 장례식을 치른 뒤 아이다호 주
선밸리에 묻힘.

1964년   유작『움직이는 축제일(A Moveable Feast)』이 출간됨.

1970년   유작『해류 속의 섬들(Islands in the Stream)』이 출
간됨.

1972년   유작『닉 애덤스 이야기(The Nick Adams Stories)』
가 출간됨.

1977년   유작『88편의 시(88 Poems)』가 출간됨.

1985년   유작『위험한 여름(The Dangerous Summer)』이 출
간됨.

1986년   유작『에덴동산(The Garden of Eden)』이 출간됨.

1987년   『어니스트 헤밍웨이 단편전집(The Complete Short
Stories of Ernest Hemingway)』이 출간됨.

1999년   허구적 자서전『여명의 진실(True at First Light)』
을 아들 패트릭이 편집해서 출간함.

세계문학전집 **278**

노인과 바다

1판 1쇄 펴냄 2012년 1월 2일
1판 56쇄 펴냄 2024년 12월 4일

지은이 어니스트 헤밍웨이
옮긴이 김욱동
발행인 박근섭, 박상준
펴낸곳 (주)민음사

출판등록 1966. 5. 19. (제 16-490호)
서울특별시 강남구 도산대로1길 62(신사동) 강남출판문화센터 5층 (우편번호 06027)
대표전화 02-515-2000 팩시밀리 02-515-2007
www.minumsa.com

© 김욱동, 2012. Printed in Seoul, Korea

ISBN 978-89-374-6278-8 04800
ISBN 978-89-374-6000-5 (세트)

세계문학전집 목록

세계문학전집은 계속 간행됩니다.